Bianca™

Tara Pammi
Miedo a amarte

HARLEQUIN™

Editado por Harlequin Ibérica.
Una división de HarperCollins Ibérica, S.A.
Núñez de Balboa, 56
28001 Madrid

I.S.B.N.: 978-84-687-6238-8
Depósito legal: M-19544-2015
Impresión en CPI (Barcelona)
Fecha impresion para Argentina: 7.3.16
Distribuidor exclusivo para España: LOGISTA
Distribuidor para México: CODIPLYRSA
Distribuidores para Argentina: Interior, DGP, S.A. Alvarado 2118.
Cap. Fed./Buenos Aires y Gran Buenos Aires, VACCARO HNOS.

Prólogo

S E PODRÍA morir ahora mismo o podría llegar a cumplir los cien años. No está en nuestras manos». Nathaniel Ramírez miró hacia los nevados picos de las montañas y respiró profundamente. A pesar de todos los años que habían pasado, seguía recordando perfectamente las palabras que el cardiólogo le había dicho a su madre y que él había escuchado sin que ninguno de los dos se percatara. El aire frío le enfrió la garganta e hizo que los pulmones de expandieran avariciosamente para recibirlo.

¿Habría llegado el día?

Alzó el rostro hacia el cielo hasta que se le aclaró la visión y consiguió que el corazón volviera a latirle con normalidad.

En algún momento de la escalada, se había dado cuenta de que no llegaría a la cima aquel día. No sabía si era porque, después de estar doce años cortejando a la muerte, se había cansado por fin de jugar al escondite o, sencillamente, porque aquel día estaba más cansado de lo habitual.

Durante una década, había estado recorriendo el mundo, sin echar raíces en ninguna parte, sin regresar a casa, haciendo negocios en lugares diversos y ganando millones con ellos.

La imagen de las rosas del jardín que su madre tanto había amado, allí, en California, con su vivo color rojo y los pétalos tan delicados que ella le había prohibido tocar le recorrió el pensamiento.

La añoranza se apoderó de él mientras avanzaba por el helado sendero. Cuando llegó a la cabaña de madera en la que llevaba viviendo desde que cerró el acuerdo Demakis en Grecia hacía ya seis meses estaba completamente empapado de sudor. Sin embargo, la inquietud se había adueñado de él.

Sabía lo que aquello significaba. La jaula que se había construido estaba empezando a agobiarle. Se sentía solo. Los miles de años de la evolución humana lo empujaban a construir un hogar, a buscar compañía.

Necesitaba buscarse un nuevo desafío, un acuerdo inmobiliario o la conquista de un rincón del mundo en el que aún no hubiera grabado su nombre. Afortunadamente para él, el mundo era muy grande y los desafíos que presentaba muy numerosos.

Quedarse en un lugar era lo único que lo debilitaba, que le hacía añorar mucho más de lo que le era posible tener.

Acababa de darse una ducha caliente cuando su teléfono móvil comenzó a sonar. Solo un puñado de personas podían ponerse en contacto con él a través de aquel número. Se pasó la mano por el largo cabello y miró quién le llamaba.

El nombre que apareció en la pantalla le provocó una instantánea sonrisa.

Conectó la llamada y el sonido de la voz de María, el ama de llaves del que había sido su hogar en la infancia, le llenó con una calidez que había echado de menos durante demasiado tiempo. Después de la muerte de su madre, María se había convertido en su punto de apoyo.

De repente, se dio cuenta de que echaba de menos muchas cosas de su casa. Aplastó aquel estúpido anhelo antes de que se convirtiera en lo único que despreciaba.

El miedo.

–¿Nathan?

–María, ¿cómo estás?

Sonrió mientras María le dedicaba unos cuantos apelativos en español y le preguntó cómo estaba como si aún siguiera siendo un niño pequeño.

–Necesito que vengas a casa, Nathan. Tu padre... Hace demasiado tiempo que no os veis.

La última vez que Nate lo vio, su padre había sido el ejemplo perfecto de un canalla egoísta en vez de comportarse como apenado marido o padre protector. A pesar de los diez años y de los miles de kilómetros que Nathan había interpuesto entre ellos, la amargura y la ira que sentía hacia él seguían tan vivas como siempre.

–¿Vuelve a estar enfermo, María?

–No. Se ha recuperado de la neumonía. Ellos, al menos la hija de la mujer, lo cuidaron bien.

Los elogios que María hacía de «la hija de esa mujer», tal y como ella lo había definido, significaban que la hija de Jackie había cuidado a conciencia de su padre.

Nathan frunció el ceño. El recuerdo de la única vez que había visto a la hija de la amante de su padre le había dejado un amargo sabor de boca. Incluso entonces se había mostrado amable.

Aquel día en el garaje, con el sol de agosto brillando gloriosamente en el exterior a pesar de que el mundo de Nathan se había desmoronado por completo. La pena por la pérdida de su madre se había diluido ya, pero el miedo, el puño que le apretaba el pecho al pensar que podía caer muerto en cualquier minuto como ella, seguía presente. La niña que apareció nerviosamente en la puerta del garaje había sido el testigo silencioso de los sollozos que habían atenazado su cuerpo.

Odiaba todo lo ocurrido aquel día.

–Siento mucho que tu madre haya muerto. Si quieres, puedo compartir la mía contigo –le había dicho aquella niña con un hilo de voz.

Y, a cambio, él le había destrozado con sus palabras.

–Se va a casar, Nathan –le dijo la ansiosa voz de María, sacándole de sus pensamientos–. Esa mujer... –añadió. Se negaba a pronunciar el nombre de Jacqueline Spear. El odio que sentía por ella resultaba evidente incluso a través de la línea telefónica–. Por fin va a tener lo que siempre ha querido desde hace mucho tiempo. Once años viviendo en pecado con él...

Al escuchar los exabruptos que María le dedicaba a Jacqueline Spear, sintió una profunda amargura al pensar en la que era la amante de su padre, la mujer con la que él había empezado una nueva vida incluso antes de que la madre de Nathan falleciera.

–Es su vida, María. Tiene todo el derecho a vivirla como quiera.

–Por supuesto, Nathan... pero esa mujer está pensando en vender la casa de tu madre. Hace solo dos días, me pidió que vaciara la habitación de tu madre y que me quedara con lo que quisiera. Las pertenencias de tu madre, Nathan... Todas sus joyas están ahí. Va a vender la finca entera con todo su contenido. Si tú no regresas, todo se perderá para siempre.

Nathan cerró los ojos. La imagen de la mansión de ladrillo se irguió ante él. Una extraña ira le embargó. Comprendió que no quería que esa casa se vendiera.

Llevaba una década viviendo la vida de un ermitaño y, de repente, la imagen de la casa de la que había salido huyendo produjo un extraño efecto en él.

–No tiene ningún derecho a venderla.

–Él se la ha regalado, Nathan.

Las náuseas se apoderaron de él. Su padre era el responsable de la muerte de su madre tan claramente como si la hubiera asesinado con su repugnante aventura. Había vivido en aquella casa con su amante y, después... Asió con tanta fuerza el teléfono que los nudillos se le pusieron blancos.

No lo toleraría.

–¿Se la va a dar como regalo de bodas?

–A Jackie no, Nathan. A la hija de ella. No sé si la conoces. Tu padre redactó las escrituras hace unos meses, cuando estuvo tan enfermo.

Nathan frunció el ceño. Es decir, la hija de Jackie iba a vender la casa que le había pertenecido a la madre de Nathan. Una fiera determinación se apoderó de él. Había llegado el momento de regresar a casa. No podía permitir que la casa de su madre cayera en manos de un desconocido.

Se despidió de María y encendió el ordenador.

A los pocos minutos, estaba charlando con Jacob, su manager virtual. Le dio órdenes para que se ocupara de encontrar a alguien que le cuidara la cabaña, que le comprara un billete de avión a San Francisco y que buscara toda la información que pudiera encontrar sobre la hija de la amante de su padre.

Capítulo 1

H E OÍDO que los inversores han vendido la empresa a un multimillonario al que no le gusta la publicidad.

–Alguien de RRHH me ha dicho que solo la ha comprado por las patentes del software. Y que tiene la intención de despedirnos a todos.

–No me había dado cuenta de que valíamos tanto como para atraer a alguien de esa índole.

¿De qué índole estaban hablando? ¿De qué multimillonario?

Riya Mathur se frotó las sienes con los dedos para tratar de silenciar las inútiles especulaciones que estaba escuchando a su alrededor. ¿Qué había cambiado en la semana que había estado ausente por primera vez en los dos años que habían pasado desde que Drew y ella fundaron la empresa? ¿Qué era lo que él le estaba ocultando?

De repente, una ventana de chat se abrió en la pantalla de su ordenador. Riya se vio obligada a centrarse en lo que decía. Era un mensaje de Drew. *Ven a mi despacho, Riya.*

Ella sintió que se le hacía un nudo en el estómago. Hacía seis meses que las cosas iban de mal en peor entre Drew y ella, desde el Año Nuevo para ser exactos. Riya no había sabido cómo hacer que mejoraran. Se había limitado a agachar la cabeza y a hacer su trabajo.

Salió del pequeño cubículo que ocupaba y que estaba separado de las mesas del resto de los empleados por una mampara. Se dirigió muy ansiosamente hacia el despacho del director. Se había pasado toda la mañana esperando, ignorando los comentarios y tratando de animar a todo el mundo a concentrarse en su trabajo mientras que la puerta de Drew permanecía cerrada.

Al llegar frente a la puerta del despacho, se secó las manos sobre los pantalones y llamó. Entonces, sin esperar respuesta, abrió la puerta. El coro de voces disonantes que había escuchado desde el otro lado se convirtió en un silencio mortal cuando los que había en el despacho se percataron de su presencia.

Riya dio un paso al frente y cerró la puerta.

El sol que entraba a raudales por las ventanas hacía destacar el esbelto cuerpo de Drew contra la línea del horizonte que formaban los rascacielos de San Francisco. Abrió la boca para hablar, pero volvió a cerrarla. Con el corazón a punto de salírsele del pecho, Riya dio otro paso al frente. Drew se tensó un poco más e inclinó la cabeza.

Aquella sensación de incomodidad había estado presente en todas sus conversaciones.

—Los rumores están en boca de todos... —dijo ella mientras se detenía a pocos pasos de Drew—. Sean cuales sean nuestras diferencias personales, se trata de nuestra empresa, Drew. Estamos juntos en esto.

—Fue su empresa hasta que aceptaron el capital inicial de un inversor —anunció una voz nueva a sus espaldas. Todas sus palabras iban marcadas por la mofa y la ironía.

Riya se dio la vuelta y centró su atención en la mesa de reuniones. En la cabecera de la misma, estaba sentado un hombre. La silla quedaba a contraluz de la ventana, por lo que solo el perfil resultaba visible para Riya. Ella dio unos pasos al frente para poder verlo mejor.

Sentía que la mirada del recién llegado estaba pendiente de ella, de todos sus movimientos.

—Tenía muchas ganas de conocerla, señorita Mathur —añadió él—. La lúcida mente que creó el software que es el motor de esta empresa.

Había pronunciado su apellido correctamente, algo que ni siquiera Drew, a pesar de los años que hacía que se conocían, no había conseguido. Cuando por fin se detuvo y pudo verle, sintió una extraña sensación en el estómago. Lo primero que se le ocurrió fue que él debería estar en una reunión de moteros y no en una sala de reuniones.

Poseía unos ojos eléctricos, de un resplandeciente tono de gélido azul. Su rostro era anguloso, masculino. Aquella mirada resultaba familiar y desconocida a la vez, divertida y seria. Una chispa prendió dentro de ella. Algo le indicaba que aquel hombre la conocía, a pesar de que no recordaba haberlo visto antes.

Su cabello era rubio oscuro, lo suficientemente largo como para que los dedos de Riya ansiaran acariciarlo. La luz del sol sacaba de él reflejos cobrizos al tiempo que parecía jugar al escondite con los ángulos de su rostro. Por lo que podía ver, su piel indicaba que pasaba mucho tiempo al aire libre. Ciertamente, tenía un aire rudo, curtido. Tenía una barba algo descuidada. Llevaba una chaqueta de cuero que, evidentemente, había visto tiempos mejores sobre una camisa no demasiado nueva.

La barba, junto con la ropa que llevaba puesta y su apariencia general, debería haber diluido la intensidad de su presencia en el despacho. Debería haberle dado un aspecto menos autoritario. Sin embargo, aquellos ojos se lo impedían.

–¿Quién es usted? –le preguntó Riya antes de poder contenerse. Necesitaba recordar quién era aquel hombre.

–Nathaniel Ramírez –respondió él mientras se reclinaba cómodamente en su butaca.

Riya se quedó boquiabierta al recordar un artículo que había leído hacía unos meses en una revista de viajes.

Magnate de los viajes de lujo. Empresario virtual. Multimillonario solitario.

Se decía que Nathaniel Ramírez era un visionario a la hora de realizar hoteles que eran una extensión del hábitat en el que se encontraran, un hombre que había conseguido millones con una mínima inversión. La cadena de hoteles que él había ideado y construido en diferentes parte del mundo eran lo más entre las celebridades que buscaban unas vacaciones íntimas, alejadas de los ojos curiosos de la gente.

Él había creado un mercado que no solo satisfacía una demanda existente sino que había dado paso a una nueva industria para muchas personas en muchos remotos lugares del mundo. Y, más que eso, era un enigma, un desconocido que llevaba recorriendo el mundo desde que tenía diecisiete años y que no se quedaba en ningún sitio más de unos meses. De hecho, no poseía ninguna vivienda en ningún lugar del mundo ni tenía vínculos familiares ni ningún tipo de relación personal. La revista ni siquiera había podido proporcionar una fotografía de él. Había sido una entrevista virtual. Lo había denominado *El solitario por excelencia*, la personalidad perfecta para un hombre que viajaba por el mundo.

Solo había dicho su nombre. Nada más. No había mencionado lo que estaba haciendo allí, en San Francisco, en Travelogue, en el despacho del director de la empresa. ¿Por qué estaba allí?

Miró a Drew y vio que él seguía inmóvil junto a la ventana.

–Usted se gana la vida viajando por el mundo. ¿Qué puede hacer por usted una pequeña agencia de viajes online? –le preguntó–. Además, ¿por qué está usted sentado en la silla de Drew?

Él la observó atentamente durante unos segundos más y, por fin, se incorporó.

–Anoche compré Travelogue, señorita Mathur.

Ella parpadeó.

–Anoche, yo compré un litro de leche y una barra de pan –le espetó Riya con ironía, aunque le estaba costando trabajo no ceder al miedo que se estaba apoderando de ella.

–No fue tan sencillo –dijo Nathan.

Se levantó y comenzó a andar por el pequeño despacho. Se sentía incómodo, acorralado. Rodeó la mesa y se detuvo a un par de pasos de ella. El miedo que emanaba de Riya Mathur resultaba evidente y le hizo sentirse más cómodo. Al mismo tiempo, experimentó una profunda curiosidad.

«De tal palo, tal astilla».

Apartó rápidamente aquel pensamiento. Era cierto. Riya Mathur era la mujer más hermosa que había visto nunca y, como hombre que había viajado por todos los rincones del mundo, tenía conocimiento suficiente para opinar. Al mismo tiempo, era también muy inteligente. Además, si todo lo que había oído sobre Drew Anderson y ella era cierto, Riya parecía poseer, como su madre, el talento de jugar con los pensamientos de los hombres. Sin embargo, al contrario de la descarada belleza de Jacqueline, la de Riya quedaba diluida por la inteligencia y un elaborado aire de indiferencia.

Tenía unos exquisitos ojos almendrados, de color caramelo, ocultos tras unas gafas. Su nariz era recta, distinguida, y la boca de labios gruesos bien delineados. El color de su piel era dorado y sedoso, como si el alabastro de la piel de Jackie y el color tostado de la de su padre hindú se hubieran mezclado en proporciones perfectas.

Ella lo miraba con perplejidad desde que entró en el despacho, lo que indicaba que solo era cuestión de tiempo que recordara, a pesar de que él se había cambiado el apellido y no se parecía mucho al muchacho de diecisiete años que ella había visto llorando once años atrás.

Debería decirle la verdad y terminar con todo. Sin embargo, prefirió guardar silencio.

–Tuve que pedir muchos favores para descubrir quiénes eran sus inversores. Cuando quedaron informados de mis intenciones, estuvieron encantados de cumplir mis deseos. Aparentemente, no les gusta mucho el modo en el que se han estado haciendo las cosas últimamente.

–Querrá decir más bien desilusionados sobre los montones de dinero que querían que les proporcionáramos.

–¿Y qué tiene eso de malo, señorita Mathur? ¿Por qué cree usted que la gente invierte su dinero en empresas emergentes? ¿Para hacer una buena obra?

–Por supuesto que no. Sin embargo, existe el crecimiento y el riesgo –dijo ella mientras respiraba profundamente para tratar de recuperar el control–. Si lo que busca usted son beneficios, ¿por qué nos ha comprado?

–Digamos que me apetecía.

La frustración hizo que Riya explotara.

–Nuestro medio de vida, todo por lo que llevamos cuatro años trabajando está pendiente de un hilo. Y usted habla de compras de última hora, de cosas que le apetecen... Tal vez el hecho de que haya estado viviendo tan apartado de la civilización, apartado de todos, recorriendo el mundo sin ataduras...

–Riya, no... –le advirtió Drew. Sin embargo, ella estaba demasiado asustada como para hacerle caso.

–... le ha hecho fijarse solo en los beneficios, pero, para nosotros, el elemento humano es igual de importante.

–Me hace parecer un lobo solitario, señorita Mathur.

–Bueno, eso es lo que es, ¿no? Mire, lo único que me importa es saber lo que piensa usted hacer con esta empresa. Con nosotros.

Algo cambió en el rostro de él. La mirada de hielo de aquellos ojos azules se endureció aún más.

–Déjenos a solas, señor Anderson.

–No –le espetó ella presa del pánico–. No hay nada que tenga que decirme que Drew no pueda escuchar.

Drew se acercó a ella y, por fin, la miró a los ojos. La resignación que Riya vio en ellos la dejó sin palabras.

–Drew, sea lo que sea lo que estás pensando, podemos luchar. Tenemos la patente del software...

–¿Es que no te importa nada más que esta maldita empresa? Las estatuas poseen más sentimientos que tú –replicó Drew con amargura.

Riya sintió cómo aquellas palabras la atravesaban. Palideció y trató de comprender a qué se debía la reacción de Drew.

–Estoy acabado, Riya...

–Pero Drew, yo...

Él le colocó las manos sobre los hombros y se inclinó para darle un beso en la mejilla, todo ello bajo la atenta mirada de hielo del recién llegado, del hombre que estaba echando a Drew de su despacho. Riya observaba incrédula todo lo que estaba ocurriendo. Se sentía incapaz de moverse.

–Hablaré con tu asistente, Nathan –dijo Drew antes de marcharse.

Sin apartar la mirada de Riya, el odioso hombre asintió.

–Adiós, Riya.

Aquellas palabras sonaban tan definitivas que Riya se echó a temblar. Observó cómo Drew salía del despacho y cerraba la puerta. Se sintió enjaulada, atrapada con un animal salvaje... Su mente no dejaba de pensar, de darle vueltas a todo lo que acababa de vivir...

Nathan... Nathan... Nathaniel Ramírez. Dueño de un grupo de empresas dedicadas a los viajes y a las vacaciones llamado RunAway International. Llevaba viajando por todo el mundo desde los diecisiete años...

Sintió un extraño escalofrío en la espalda.

–¿Qué ha querido decir Drew?

–El señor Anderson ha decidido que quiere dejar esta vida... Quiere dejar... Travelogue.

Riya se sintió como si él le hubiera dado una bofetada. No se podía defender contra lo que no comprendía. Nunca antes se había sentido tan fuera de lugar.

–¿Quién demonios se cree usted que es? No puede echarle. Drew y yo somos los dueños...

–Él me ha vendido sus acciones. Ahora, tengo el setenta y cinco por ciento de la empresa. Soy tu nuevo socio, Riya. O jefe. O... En realidad, nos podríamos referir el uno al otro de muchas maneras diferentes.

Capítulo 2

D E ESE modo, al escuchar su nombre en los labios de aquel hombre, vio la luz el recuerdo que había estado tratando de desbloquear desde que se miró en aquellos ojos fríos como el hielo.

«Está muerta. Y se ha muerto sabiendo que la cerda de tu madre está esperando en la puerta, lista para entrar y ocupar su lugar. Espero que las dos os pudráis en el infierno».

El recuerdo de aquel lejano día volvió tan vivamente que Riya tuvo que agarrarse a la silla para que no se le doblaran las temblorosas piernas.

La esposa de Robert se llamaba Anna. Anna Ramírez.

—Eres Nathan Keys, el hijo de Robert. He leído tanto sobre ti y jamás me he dado cuenta...

Él asintió. Riya sintió que se le cortaba la respiración. Su pequeña mentira había funcionado. Allí estaba él, con la mayor parte de las acciones de la empresa en su poder. Con su medio de vida en las manos.

El hijo de Robert. El muchacho que había huido de su hogar tras la muerte de su madre, el hijo del hombre casado con el que su madre había empezado una relación, el hijo del hombre que había sido más padre para ella que su propio progenitor.

El hijo que ella había estado tratando de acercar a Robert.

Le había mentido a María sobre lo de vender la finca

con la esperanza de conseguir que él volviera. Le daría a Nathan la oportunidad que ella nunca había tenido con su propio padre.

Una risa histérica se apoderó de ella.

Él estaba apoyado contra la pared, con las piernas cruzadas elegantemente. Sonrió.

—¿Qué? ¿No le vas a dar la bienvenida al que está a punto de convertirse en tu hermanastro, Riya?

—Te estás burlando de mí, ¿verdad?

—Sé que acepto tu ofrecimiento de solidaridad familiar casi una década tarde, pero...

—Tú... Entras aquí, te libras de mi socio, me restriegas por la cara una parte de mi empresa más grande que la que yo tengo... ¿De verdad quieres que te dé la bienvenida? —le espetó ella—. Si te estás vengando porque mi madre empezara una relación con tu padre, déjame decirte que...

—Me importa un comino mi padre o tu madre.

La falta de sentimiento en aquellas palabras hizo que Riya se parara a pensar un instante. Se iba a poner furioso cuando supiera la intención que ella había tenido.

—Entonces, ¿de qué se trata?

—Has rechazado todas las ofertas que mis abogados han hecho por la venta de la finca.

El miedo se apoderó de Riya. Se desplomó en una silla y ocultó el rostro entre las manos. Él había comprado su empresa porque ella había rechazado las ofertas cada vez mayores que él le había hecho por la venta de la casa.

¿Qué haría entonces cuando supiera que Riya jamás había tenido intención alguna de vender la casa?

Nathan contempló la lustrosa melena castaña de Riya. A pesar de la impaciencia que sentía, no podía evitar mirarla, atónito ante la reacción que ella le había causado.

Con cada minuto que pasaban en aquella habitación tan pequeña, la atracción que sentía por ella iba creciendo como una incontrolable avalancha. ¿Cómo era posible que la falta de maquillaje acrecentara la belleza de su piel y de sus hermosos rasgos? A pesar de tratar de enmascarar esa belleza con una camisa y unos pantalones muy sencillos, había fracasado estrepitosamente.

Cuando vio que ella se echaba a temblar, sintió remordimientos por su actitud.

–Lo único que quiero es la casa. Por mucho dinero que te ofrecía, no hacías más que rechazar mis ofertas. Te negabas incluso a justificar tu decisión.

–¿Y por eso fuiste a por mi empresa?

–Sí. Se llama «apalancamiento». Créeme si te digo que por muy innovador que sea vuestro software, vuestra pequeña empresa no es material de RunAway International. Firma la venta hoy y te marcharás de aquí convertida en una mujer rica. Incluso dejaré que dirijas tu maldita empresa. Por supuesto, tal y como vais, os la vais a pegar dentro de un par de años, pero, como soy un canalla, dejaré que seas tú quien arruine tu futuro y el de tus empleados.

–¿Y el dinero que te has gastado para comprarla?

–Una gota en el mar. De todos modos, estoy seguro de que las acciones no valdrán nada dentro de un par de años.

Riya prefirió no pensar en esa posibilidad y cambió de tema.

–No acepté ninguna de esas ofertas porque jamás tuve intención de vender la finca a nadie. Y así sigue siendo.

–Entonces, ¿por qué pensó María que...?

Riya notó que, instantes después de empezar la pregunta, un brillo letal aparecía en sus ojos, un brillo que le provocó cierta aprensión.

–Nos manipulaste a María y a mí –añadió–. Echaste migas de pan para asegurarte de que seguía el camino que tú me marcabas.

–Así es.

Un gélido silencio acogió la afirmación de Riya.

–Te aprovechaste del valor sentimental que esa finca tiene para mí. Sabrías que te pagaría todo lo que quisieras.

Riya forzó una carcajada para tratar de calmar su nerviosismo.

–En realidad, me aproveché del odio que sientes por mí y por mi madre. En realidad, no estaba segura de que fuera a funcionar. María no me tolera. ¿Cómo iba yo a poder estar segura de que te lo iba a contar?

Nathan sacudió la cabeza y dio un paso hacia ella. Aunque sabía que resultaba una cobardía, Riya no pudo evitar dar un paso atrás.

–No minimices tus logros ahora. Sabías exactamente lo que estabas haciendo.

–Está bien –admitió ella–. Se me quedó grabado algo que ella dijo meses atrás. Comentó que tú podrías haber considerado regresar hacía mucho tiempo si Jackie y yo no estuviéramos. Dijo también lo mucho que amabas esta casa y a los empleados y no hacía más que preguntarse cómo Robert me la había podido regalar. Decía que yo te la estaba robando.

–Y por eso, decidiste atraerme para poder sacarme la mayor cantidad de dinero posible por la finca.

–Eso no es cierto. Me sentía culpable... Yo jamás le pedí a Robert que me regalara la finca. Sé que no...

–¿Y tu sentimiento de culpa y tus inseguridades te dan derecho a jugar conmigo?

Riya se sorprendió mucho de que él se hubiera dado cuenta de aquel detalle. A pesar de recordarse constantemente de que había sido demasiado pequeña para poder cambiar algo lo ocurrido, no podía olvidar las palabras llenas de rencor que él había pronunciado.

Nathan extendió la mano. El corazón de Riya comenzó a latirle con fuerza en el pecho. No podía moverse ni parpadear. Un lento temblor recorrió su cuerpo al sentirse acorralada contra la pared.

–¿Por qué estás haciendo esto?

–Has estado fuera once años, once años durante los cuales yo he ayudado a Robert con la administración de la finca, con los empleados y con todo lo demás. Tú estabas por ahí haciendo Dios sabe qué mientras yo me ocupaba de todo frente a unos empleados que me odian. Hice todo lo que pude para mantenerla en marcha.

Había tratado de ser una hija modelo para Robert y Jackie. Incluso se había ocupado de él cuando cayó enfermo. Sin embargo, nada de lo que ella había hecho pudo apartar las sombras del remordimiento y del dolor en los ojos de Robert.

–¿A eso viene todo esto? ¿Lo que te ofrecí no es suficiente? –le preguntó Nathan acercándose más aún–. Dime tu precio.

–No quiero dinero. Estaba tratando de explicarte lo mucho que la finca significa para mí... Estaba...

–Entonces, ¿qué demonios quieres? ¿Cómo te atreves a manipularme después de que tu madre hiciera que los últimos días de la vida de la mía fueran un infierno?

Riya necesitó todo su aplomo para mantenerse firme y soportar la mirada con la que él la juzgaba.

–Quiero que vayas a ver a Robert.

El silencio que se produjo a continuación fue tan tenso que Riya se sintió prácticamente inmovilizada por una cuerda invisible. Vio que él se sorprendía. Evidentemente, aquello no era lo que había esperado escuchar.

–No.

–En ese caso, no firmaré nunca. Jamás.

–No pierdas todo lo que has ganado tratando de aliviar una extraña sensación de culpa. No me obligues a hacer algo que no quiero hacer. Esa finca es lo único del mundo que significa algo para mí.

Riya comprendía lo que sentía porque ella también adoraba la finca. Sin embargo, no podía flaquear en aquellos momentos, cuando él estaba en San Francisco, tan cerca de su padre.

–Ya he tomado mi decisión.

Se mesó el largo cabello. Su mirada era tan fría como la escarcha.

–Te llevaré a los tribunales. En cuanto a tu empresa, voy a hacerla pedazos. ¿Crees que merece la pena?

–He sido yo quien te ha engañado. Mis empleados no tienen nada que ver con esto. ¿Serías tan cruel como para quitarles sus trabajos?

Las miradas de ambos se cruzaron. Cada segundo que pasaba le parecía a Riya una eternidad.

–Sí –dijo él por fin.

–Está bien. La finca es tuya por derecho. Estoy convencida de ello. Y terminará siéndolo. Sin embargo, una batalla legal te llevará años. Robert me dijo que se había asegurado de que las escrituras estuvieran blindadas precisamente para evitar esta clase de batalla si él moría de repente.

–¿Porque está decidido a robarme incluso esto?

–No. No le entiendes. Pensaba que iba a morir. Él... ¿Una larga y dura batalla legal por la casa de tu madre es lo que de verdad quieres? ¿Por María y todos los empleados que llevan años cuidando de esa casa? ¿Por el recuerdo de tu madre?

–No tienes ningún derecho a hablar de ella –le espetó Nathan en tono amenazador.

El odio que había en su voz afectó profundamente a Riya. Él tenía razón. Su ira estaba justificada. Ni siquiera tenía derecho a hablar de su madre ni, por supuesto, a la finca. En realidad, se había quedado perpleja de que Robert se la hubiera cedido.

Por primera vez en su vida, deseó ser más como su madre, una persona egoísta y completamente ignorante de nada que no fuera su propia felicidad. Deseó poder darle la espalda al hombre que amenazaba todo lo que había construido. Deseó poder darle la espalda a las sombras que entristecían los ojos de Robert.

–Es cierto. No tengo derecho alguno a hablar de ella, pero estoy segura de que Anna jamás hubiera querido que odiaras a tu padre toda la vida. Todo el mundo dice siempre lo generosa y amable que era y...

–No tienes ni idea de lo que ella hubiera querido –le interrumpió él–. Fuera. Ya no tengo nada más que decirte.

Riya salió del despacho con las piernas temblorosas. El pánico se apoderó de ella.

¿Sería capaz de romper en pedazos Travelogue? ¿Cómo podía ella luchar por lo que le pertenecía? ¿Cómo podía convencerle de que había sido el dolor de Robert lo que la había empujado a aquello?

Al mirar a los empleados, comprendió que ya se habían dado cuenta de que Drew se había marchado. Las miradas de preocupación parecían pedirle desesperadamente que les proporcionara una esperanza.

Desgraciadamente, Riya no podía hacerlo. No tenía respuesta alguna que darles. Agarró su bolso y se marchó.

Nathan miró la puerta cerrada. No se podía creer que una mujer hubiera estado tan cerca de hacerle perder el control.

Había tardado años en superar la pena por la muerte de su madre y aceptar la fatalidad de su propia condición. Había tenido tanto miedo que se había vengado con el mundo.

Al final, no solo había terminado por aceptarlo, sino que también había diseñado su vida para vivirla sin el temor constante a la muerte. Se había asegurado de no desarrollar ningún tipo de vínculo emocional con nadie y de no tener ninguna relación que pudiera debilitarlo. Como le había pasado a su madre. Había vivido al máximo.

Riya lo había manipulado, sí, pero en ella había una ingenuidad que despertaba su interés. Jamás hubiera pensado que su padre despertara tal sentimiento de lealtad en nadie hasta el punto de arriesgar todo lo que poseía. Nada de lo que él hiciera podría hacer cambiar esa resolución. A pesar del modo tan inteligente en el que ella había manipulado a María y se había aprovechado del cariño que Nathan sentía por la finca, tenía que admirarla por esa resolución. Además, Riya tenía razón en una cosa más.

Una batalla legal por la finca supondría pleitos durante muchos años. Nathan terminaría ganando, pero no sabía cuándo. El tiempo era lo único de lo que Nathan no podía estar seguro. Quería la finca. Convencer a Riya para que se la vendiera sería la mayor victoria de toda su vida. No podía desmantelar su empresa sin una buena razón. No podía jugar a la ligera con el futuro de muchas personas.

Había aprendido algo sobre aquella mujer bella, inteligente y de gran determinación. Había notado la sorpresa, el deseo, la tensión cuando él se la acercaba. Sonrió.

Iba a disfrutar mucho convenciéndola para que le vendiera la finca.

INCLUSO después de atravesar las verjas y avanzar por el sendero de grava flanqueado por robles centenarios, Riya seguía preguntándose lo que le diría a Jackie y cómo sacaría el tema de Nathan. Jackie tenía un modo muy singular de contemplar el mundo y las personas que habitaban en él. Solo le interesaba el modo en que afectaban su propia vida y su felicidad.

Al ver cómo la mansión surgía en la distancia sintió una alegría indescriptible, tal y como siempre le sucedía. Para ella, aquella mansión de ladrillo era su hogar.

Metió el coche en el garaje y reclinó la frente sobre el volante. La desilusión y la ira se apoderaron de ella. Nathan no amaba aquella finca como ella. Llevaba diez años alejado de ella sin dedicarle un pensamiento siquiera.

Seguramente, los echaría a todos a patadas, especialmente a ella. Pensar que tendría que abandonar aquel lugar sin decir adiós le provocaba un profundo dolor en el corazón.

Agarró el bolso y salió del coche. Lo único que quería era darse un baño y meterse en la cama. Ya se ocuparía de todo al día siguiente. Entró en la casa por la puerta trasera, a través de la cocina. Su intención, era subir sin que nadie se diera cuenta.

Entonces, Jackie la llamó. Ataviada con un traje de

...ba perfecta, como siempre. A ...cido que le estropeaba el rostro. ...ras llamándote y no te has dignado ... dijo. La boca le estaba temblando–. ...arecido de la nada, después de tantos

...quedó completamente petrificada a pesar de ...el corazón le latía alocadamente en el pecho. Trató de contener el pánico porque ella siempre había sido la más tranquila de las dos.

–Mamá, cálmate.

La llamaba así con tan poca frecuencia que Jackie la miró alarmada.

–Ahora, dime claramente qué es lo que ha pasado.

–Nathaniel está aquí. Aparentemente, ahora es multimillonario y puede arruinarnos con una sola palabra si...

–¿Te ha dicho él eso?

–Por supuesto que no. Ni siquiera me ha mirado a la cara. Es como si yo no estuviera. Esa bruja de María me lo ha dicho. Tiene un aspecto muy diferente. Alto, distante y muy arrogante.

Riya asintió, sorprendida de que Jackie también lo hubiera notado. Había algo sobre él que era incapaz de indicar, una especie de frío distanciamiento, como una capa de hielo que lo cubría y que impedía que nada ni nadie pudiera tocarlo. Sin embargo, se había mostrado furioso cuando ella se negó a venderle la finca.

–Incluso María tardó unos segundos en reconocerlo. Se quedó ahí de pie, como si él fuera el dueño de todo esto cuando ni siquiera ha preguntado cómo está Robert en todos estos años. Llegó hace un par de horas. Se presentó en la puerta principal y volvió locos a todos los empleados. Empezaron todos a llorar y a reír al mismo tiempo. Y Robert ni siquiera está en la ciudad. Se niega a decir por qué está aquí.

–¿Y dónde está?

–Está recorriendo la finca. Viene cada media hora o así. María ha dicho que quiere verte. ¿Por qué quiere verte? –le preguntó su madre con una mirada calculadora. El pánico parecía haber quedado olvidado–. Si sabías que...

–Hola, Riya.

Cada vez que él decía su nombre, era como si una luz se encendiera en el interior del cuerpo de Riya. Una caricia. Una invitación. Para qué, no quería ni pensarlo. Sentía un hormigueo en la piel.

Riya se dio la vuelta. Lo vio en la puerta de la cocina. Una vez más, sintió el impacto de su presencia como si fuera un imán tirando de un trozo de hierro.

Aún no se había afeitado, pero había cambiado. En aquellos momentos, su ropa reflejaba el poder que emanaba de él tan fácilmente. La vieja camisa se había visto sustituida por una blanca de vestir. En aquella ocasión, llevaba una americana. La blanca camisa contrastaba profundamente con su bronceada piel. El cabello relucía con la gomina. Estaba tan guapo...

–No has regresado a la oficina ni has respondido mis llamadas –dijo mientras le mostraba su teléfono móvil.

–No sabía que tenía que estar a tu disposición –replicó ella–. Lo que yo haga no tiene que ver contigo.

–Me parece que, a partir de ahora, sí va a tener que ver conmigo –dijo él con una ligera sonrisa.

Estiró los brazos. Aquel gesto tan casual hizo que Riya se percatara de la anchura de sus hombros. Aquella americana tenía un corte perfecto, que resaltaba la envergadura de los hombros y la estrecha cintura.

–No –repuso ella alarmada.

–Tengo una proposición para ti. Espero que no la rechaces.

Jackie carraspeó. Riya se preguntó si podría ser que su madre explotara por la tensión que irradiaba de ella y trató de infundir acero a su voz.

–No hay trato.

–Claro que sí. Tú me has... persuadido para que me arriesgue contigo, Riya.

Ella no pudo evitar sonrojarse. Nathan lo estaba haciendo a propósito. Decía su nombre de ese modo, insinuando que había algo más que odio entre ellos. Ella quería salir corriendo y esconderse en su dormitorio, como si todo fuera un mal sueño.

Jackie volvió a hablar.

–Riya, ¿cómo has podido no decirme que...?

Nathan miró a Jackie. Su mirada era hielo del Ártico en estado puro.

–Vamos –le dijo a Riya a continuación, con el mismo tono de voz que hubiera utilizado con una niña rebelde.

Cuando vio que ella no se movía, le agarró la muñeca y tiró de ella.

La piel de Riya vibró al sentir el contacto de la áspera piel de sus dedos. Lo siguió, dejando atrás a los atónitos empleados, que habían ido apareciendo poco a poco, y a su madre.

Salieron al jardín. Una fría brisa le agitó el cabello, haciendo que este le golpeara en la cara. Ya era noche cerrada, por lo que solo la luna y las luces que iluminaban el jardín les mostraba el sendero.

En vez de ayudar a borrar la presencia de Nathan, la oscuridad de la noche pareció intensificarla. Sus sentidos parecían rebelarse a los dictados de la cabeza y parecían decididos a absorber y observarlo todo sobre él. Cuando llegaron al cenador, Riya se dio cuenta de que él aún la llevaba agarrada por la muñeca. Tiró con fuerza.

–¿No me podrías haber dado al menos una noche para prepararme, para poder pensar cómo y qué le iba a decir a mi madre? ¿Para decidir mi futuro?

–Te marchaste sin decir nada a nadie. ¿Es así como diriges la empresa?

–¿La empresa que tú has amenazado en dividir en trozos? –le espetó ella–. Me pediste que me fuera. Muy claramente.

–Me estabas chantajeando.

–Yo no estaba haciendo nada de eso. Aunque tu plan sea dividir la empresa y venderla por trozos, necesitarás unos empleados para que se ocupen de todo hasta que termine el año. Te recomiendo que te quedes con Sam Hawkins. Lleva desde el principio y Martha Gómez también. Ella necesita el trabajo y es insustituible para...

–No recuerdo haberte despedido. ¿Estás dimitiendo, entonces?

Riya echó las manos hacia atrás y se agarró a la columna de madera del cenador. Las luces lo envolvían en sombras. Estaba lo suficientemente cerca como para darse cuenta de las muchas tonalidades de azul que los ojos de Nathan eran capaces de reflejar dependiendo de la luz. Lo suficientemente cerca como para ver la forma tan sensual de sus labios y empaparse del aroma que emanaba de su cuerpo. Nunca antes había experimentado aquella extraña sensación en el estómago, el temblor febril que se había apoderado de ella y la constante fascinación que sentía hacia él.

La mirada de Nathan descansó sobre los labios de Riya durante una milésima de segundo. Sin embargo, ella sintió un ligero hormigueo en la piel.

–No he dimitido, pero ¿acaso me has dejado elección?

–Las miradas asesinas de los empleados cuando te marchaste me habrían convertido en polvo si no les hubiera dicho que tan solo te había dado un berrinche.

–Creo que darles esperanzas de que todo va bien es algo cruel –replicó ella, conteniéndose para no explotar–. ¿Es que nada te afecta?

–No –respondió él con pasmosa sinceridad–. Os voy a dar una oportunidad a tus empleados y a ti. Demostradme que Travelogue merece formar parte de RunAway International.

Riya negó con la cabeza.

–No quiero trabajar para ti.

–¿Por qué no?

–¿Qué quieres decir con eso? –repuso ella. Se apartó de su lado. Se sentía exasperada por él y por su propia reacción ante su presencia–. Porque hay una historia entre tú y yo. Por eso. Y no se trata de nada bueno. A pesar de lo que creas de mí, te mentí porque...

Nathan la miró de una manera que a ella no le quedó más remedio que recular.

–Está bien. Manipulé a María y te manipulé a ti con buenas intenciones mientras que tú... Tú estás haciendo todo esto por una retorcida necesidad de venganza. Eso es. Quieres torturarme, hacer que me sienta culpable y luego...

Nathan sonrió.

–¿Has sentido siempre tanta inclinación por el drama o soy yo quien te lo provoca?

A Riya le habría gustado decir que él no la afectaba de ninguna manera, pero los dos sabrían que estaba mintiendo.

–¿A qué se debe el cambio entonces? ¿A un fuerte sentido del deber familiar? ¿A un corazón amable?

Ella hizo un gesto de desaprobación con la mirada y

levantó la mano para darle un bofetón. Nathan le agarró la mano con la suya antes de que pudiera hacerlo.

Ella contuvo el aliento. Los dedos se movieron sobre los de él en la oscuridad, registrando las diferentes texturas de la piel. Resultaba dura y abrasiva, carente de suavidad.

En cuanto pudo reaccionar, Riya apartó la mano. ¿Qué diablos estaba haciendo? Él era su jefe. Su enemigo... Ningún hombre había sido tan peligroso para su equilibrio interno como él. Ningún hombre había afectado sus sentidos tan fácilmente como él.

Se frotó los dedos y trató de recuperar la conversación.

–Entonces, has accedido a ver a Robert.

–Si tú me dices la fecha en la que me cederás las escrituras.

–Quédate aquí en San Francisco hasta el día de su boda. Ve a ver a Robert, habla con él. Te cederé las escrituras el día después de la boda. Por supuesto, ninguno de los empleados será despedido. Cuando todo esto termine, quiero que te vayas y que dejes en paz a Travelogue. Para siempre.

–Eso depende de si Travelogue sigue intacta tanto tiempo.

–Si nos das una oportunidad, no lo dudo.

Los ojos de Nathan brillaron con ferocidad.

–Tienes mucho valor poniéndome condiciones para venderme a mí la casa de mi madre.

–Eres multimillonario. Eres tu propio jefe y no tienes que responder ante nadie. ¿Qué son dos meses de tu vida, Nathan?

–Todo, Riya –respondió él con una especie de oscura advertencia–. Esta es tu última oportunidad para vendérmela.

–No. Robert... él... yo haría cualquier cosa por él.

El silencio que se apoderó de Nathan resultó sorprendente. Riya se sintió como el conejo de la historia que su padre le contaba cuando era una niña. Se sentía como un conejo en la guarida del león, decidida a hacerle cambiar de parecer para que no devorara un animal todos los días. Recordaba haberse metido los dedos en las orejas suplicándole que no continuara. Unos días después, Jackie y ella se marcharon. No volvió a ver a su padre ni a tener noticias de él, ni siquiera por su cumpleaños. De hecho, ni siquiera recordaba con claridad su rostro. Se había pasado mucho tiempo en la carretera con Jackie, escuchando cómo ella lloraba por las noches, sin saber dónde irían al día siguiente... Había sido el periodo más incierto de su vida. Entonces, Jackie conoció a Robert y él las llevó a su finca, justo cuando Riya había empezado a pensar que nunca más tendría un hogar estable.

Ver cómo Robert ansiaba volver a encontrarse con Nathan le rompía el corazón. No podía echarse atrás, y mucho menos cuando Nathan por fin estaba en San Francisco.

–Está bien. Ven a trabajar el lunes por la mañana.

Ella vio una sombra en sus ojos... una promesa, un desafío...

–Me quedaré dos meses. Incluso bailaré contigo en la boda.

–Yo no quiero bailar contigo...

–Tú has empezado esto, Riya. Yo voy a terminarlo.

Ella aspiró profundamente el aire frío de la noche.

–Deja de decir mi nombre de ese modo –comentó, sin poder contenerse.

–¿Acaso lo estoy pronunciando mal? –le preguntó él frunciendo el ceño y dando un paso hacia ella.

–No. Es solo que...

En aquel momento, se percató de que en el jardín había un helicóptero. Esa era la razón de que no hubiera visto ningún coche extraño aparcado en el garaje. Las aspas comenzaron a girar, por lo que él tuvo que acercarse más a Riya para que ella pudiera escuchar lo que decía. Una tormenta estalló en el interior del cuerpo de Riya cuando notó el aliento de él sobre la piel del cuello.

Era como una ola de fuego, como una ardiente caricia, que se acrecentó cuando el simple contacto de los dedos de él en la cintura pareció abrasarle la piel a través del algodón de la camisa.

–Señor Ramírez y señorita Mathur resulta demasiado formal cuando vamos a trabajar codo con codo durante un par de meses. Llamarnos hermano y hermana, en especial cuando... cuando resulta evidente que no nos llevamos bien resultaría un poco ficticio, ¿no te parece?

–Tendrá que ser Nathan y Riya.

Sintió que él sonreía. El ligero roce de la barba sobre la piel volvió a hacer que fuera plenamente consciente de su cercanía. Entonces, él levantó la cabeza y a Riya no le quedó más remedio que mirar la maravillosa belleza de su rostro.

–Hasta el lunes –dijo Nathan dando un paso atrás–. Y, para que lo sepas, soy un jefe muy exigente.

Cuando Riya regresó a la casa, se sentía agotada, hambrienta y, además, tenía un terrible dolor de cabeza. Entró en la cocina y decidió que, a pesar de que el estómago le protestaba insistentemente, lo único que quería era marcharse a la cama y olvidarse de todo lo ocurrido aquel día.

No se podía creer que Drew la hubiera vendido de aquel modo. No se podía creer lo que ella misma se había provocado. Y, sobre todo, no se podía creer la atracción que sentía hacia Nathan. Sin embargo, no le quedaba ninguna duda de que todo aquello no era más que un juego para él.

De repente, la luz se encendió. Jackie estaba al pie de la escalera con los ojos brillando de miedo y furia.

–Si sabías que venía, ¿por qué no se lo impediste?

–Estamos viviendo en su casa –suspiró ella–. Resultaba evidente que, tarde o temprano, regresaría.

–Justo cuando Robert ha accedido por fin a la boda y...

–Robert estará encantado de verlo –la interrumpió Riya–. No puedo decirle que se vaya, aunque quisiera hacerlo.

–¿Y qué quiere él de ti? –le preguntó Jackie retorciéndose las elegantes manos. Dio un paso para acercarse a su hija.

–Quiere recuperar la finca.

–De ninguna manera –exclamó Jackie–. Si lo hace, nos echará a patadas de aquí. No puedes...

–No puedo impedirle que se quede lo que, por derecho, le pertenece, Jackie –replicó Riya.

Jackie miró hacia otro lugar, como si no la hubiera escuchado.

–No me importa lo que tengas que hacer. Asegúrate que no recupera la casa. Haz algo, lo que sea, para conseguir que se vuelva a marchar, Riya.

–No puedo hacerlo –dijo ella. Si Jackie se enteraba de que estaba allí por lo que su propia hija había hecho...–. Si me opongo, ha amenazado con llevarnos a los tribunales. No tengo elección.

–¡Claro que la tienes! Tienes a Robert de tu lado. Él jamás querrá que Nathan te quite la finca. Si tiene que haber una larga batalla judicial, que la haya. No puedes perder la casa, Riya. A estas alturas de mi vida, no puedo soportar esta incertidumbre, este nivel de estrés.

–Robert te cuidará, Jackie. No te ocurrirá nada.

–¿Se te ha pasado por la cabeza que tal vez podría estar preocupada por ti?

–No hay precedentes para que yo pueda pensar eso, ¿no te parece?

Jackie palideció.

–Tú has cuidado de todo esto durante años –suspiró Jackie–. ¿Dónde estaba Nathan cuando se le necesitaba? Haz lo que tengas que hacer, pero asegúrate de que no pierdes esta casa. Tienes tanto derecho a ella como él, tal vez más.

Riya recordó la sonrisa de Nathan y sintió un escalofrío. Tenía que reconocer que la oferta que le había hecho por Travelogue era mucho más de lo que había esperado, pero no le gustaba la mirada que veía en sus ojos. Era como si pudiera ver a través de ella, como si pudiera adivinar sus inseguridades, sus miedos y estos le resultaran despreciables. Como si supiera cómo utilizarlos para ponerle la zancadilla.

Tenía que recordar que ella podía enfrentarse a todos los obstáculos que él le pusiera. El único peligro sería si tenía un interés verdadero por ella. No era así. No le importaba a Nathan lo más mínimo.

En realidad, esa era la historia de su vida. Durante años, había vivido sabiendo que su padre no la quería. En cuanto a Jackie, Riya solo representaba para ella un báculo en el que encontrar seguridad. Para Robert, había sido el modo de calmar su sentimiento de culpabilidad sobre Nathan y sobre la madre de este, aunque eso no significaba que ella no apreciara su amabilidad.

La verdad era que nadie se había preocupado nunca por ella, ni por los miedos que pudiera tener o su felicidad. Nathan no sería en ningún modo diferente.

Capítulo 4

CUANDO Riya llegó al trabajo el lunes por la mañana, se encontró a Nathan apoyado contra el muro del edificio. Tenía la cabeza baja y estaba consultando su tableta.

Ella respiró profundamente y se obligó a tranquilizarse. Había accedido a lo que estaba a punto de hacer. En realidad, lo había obligado a él a hacerlo. Lo único que tenía que hacer era aguantar por Robert y por su empresa.

Más de una mujer se volvió para mirarle al pasar a su lado, pero él no se percató en ningún momento de la atención que estaba atrayendo. Iba vestido con una camiseta gris y unos vaqueros que le ceñían las esbeltas caderas de una manera muy sugerente. Llevaba el cabello engominado y la barba aún le ocultaba la boca. Las venas se le abultaban en los antebrazos y la tela de algodón se estiraba sobre su torso. Cada vez que Riya lo veía, algo vibraba dentro de ella.

A una hora tan temprana, sin la ayuda de la cafeína, resultaba difícil asimilar tanta testosterona.

—Estás haciendo perder el tiempo a mi piloto —dijo él sin apartar la mirada de la tableta.

—¿Piloto? ¿De qué estás hablando?

—¿Aún no estás preparada para afrontar el día?

—Necesito un café antes de poder enfrentarme contigo —musitó ella.

Acababa de terminar la frase cuando el chófer de Nathan apareció a su lado con una taza de café. Él la observó mientras Riya tomaba unos sorbos.

–Creía que habías trabajado día y noche, fines de semana y lo que hiciera falta para construir Travelodge. Que no tenías vida aparte de la empresa y de la finca. Aparentemente, eres el ejemplo vivo del trabajo duro y la dedicación. A excepción del «pequeño incidente» con el señor Anderson.

Al escuchar aquel comentario, Riya tomó un sorbo demasiado grande de café y lanzó un grito. Inmediatamente, él se colocó a su lado, con el rostro lleno de preocupación. Cuando sintió que Nathan le colocaba la palma de la mano sobre la espalda, Riya se apartó. El contacto le abrasaba aún más que el café.

Se aclaró la garganta. Se sentía como una idiota.

–Solo... solo tienes que decirme lo que tenemos hoy en la agenda.

–Islas Vírgenes británicas.

–¿Cómo dices? ¿Vamos a ir allí? ¿Los dos?

–Sí.

–¿Por qué? –preguntó ella alarmada.

Nathan se acercó un poco más a ella. Riya dio un paso atrás.

–Uno de mis proyectos está en la fase de ejecución. Me vendrá bien para ver de qué estáis hechos tú y tu valioso equipo. Es como una prueba antes de deshacerme de vosotros.

–Un viaje a las Islas Vírgenes solo para ponernos a prueba me parece una extravagancia. Preferiría...

–¿No te lo he dicho? Tus finanzas, tus proyectos... Todo está a prueba –dijo él con arrogancia–. Un puñado de empleados se ocuparán del funcionamiento del sitio web y de las ventas.

Riya se tragó la protesta que estaba a punto de pronunciar. Tendría que demostrarle de qué estaban hechos su equipo y ella. Abrió el calendario de su teléfono, lo sincronizó y abrió el de él. Entonces, lo miró.

–Robert regresa esta noche. ¿Te bloqueo el tiempo?

Nathan esbozó una sonrisa burlona y la miró durante unos instantes.

–No vamos a regresar hasta dentro de unos días.

–No veo la necesidad de...

–Estoy empezando a darme cuenta de por qué tus inversores estaban tan ansiosos. No quieres ganar dinero y no escuchas los consejos que se te dan. Es casi como si vivieras y trabajaras aislada.

–Eso no es cierto. Yo...

Nathan levantó una ceja. El modo en el que la miró escoció a Riya. No quería darle ni un solo motivo para que decidiera no cumplir el acuerdo al que habían llegado.

–Estoy lista.

Haría lo que hiciera falta. Había visto la reacción de Robert al saber que su hijo se encontraba allí. Recordaba perfectamente la única petición que le había hecho.

«Sea lo que sea, te ruego que digas que sí, Riya. Quiero ver a mi hijo».

Era la primera vez que Robert le había pedido algo.

Nathan le indicó que cruzara la calle con él para ir al lado opuesto.

–¿Y qué isla vamos a visitar? –le preguntó ella. Debía recordar que la razón de todo aquello eran Robert y su empresa.

–La mía.

Riya se metió en la limusina y cruzó las piernas al ver que Nathan se sentaba frente a ella.

–¿Eres el dueño de una de las Islas Vírgenes?
–Sí.
–Pero si ni siquiera eres dueño de una casa.
–Veo que has estado leyendo sobre mí...

Riya se encogió de hombros.

–En realidad, no pude encontrar mucho.
–¿Y qué esperabas encontrar?
–No la lista de tus propiedades –dijo.

Recordaba un artículo en *Forbes* en el que se le presentaba como el multimillonario más joven menor de treinta años. A Riya le dolía admitirlo, pero era un excelente inversor y, aparentemente, uno de los más destacados filántropos de su generación. Donaba mucho dinero a obras benéficas por todo el mundo. Sin embargo, ella no había podido encontrar casi nada sobre su vida personal.

–Estaba buscando algo más personal.
–¿Por qué? –preguntó él sorprendido.
–Jackie le dijo a Robert que habías vuelto y él me hizo mil preguntas sobre ti. No tenía nada que decirle aparte del hecho de que eres muy rico y un canalla arrogante y sin corazón.

Nathan entornó los ojos y Riya suspiró. Mostrarse antagónica con él no la iba a llevar a ninguna parte.

–Entonces, lo de saber sobre mi vida personal es solo por tu queridísimo Robert, ¿no?

Riya preferiría saltar desde el trigésimo piso de un edificio antes de admitir que él tenía razón en sus sospechas. Para disimular, se puso a revisar su correo electrónico.

–Este viaje es tan solo una excusa para que tú...
–¿Una excusa para qué? –le interrumpió él. Tenía la ira reflejada en la voz–. No tienes más que firmar los papeles y marcharte. Y yo haré lo mismo.

Riya sacudió la cabeza y apartó la mirada. Sabía que no podía enfrentarse a él. En ningún nivel.

No tardaron en llegar a un aeródromo privado. Los estaba esperando un avión con R&A, el logotipo de RunAway International en el costado. Cuando se montaron en el jet, a Riya le resultó fácil mantener la boca cerrada por la evidente demostración de riqueza del mundo de Nathaniel Ramírez. Comparada con la opulencia de lo que le rodeaba, Riya se sintió mal vestida. Aprovechó que Nathan se ponía a hablar con el piloto para recorrer el interior del avión. La suite que encontró en la cola del aparato era más lujosa que su dormitorio en la finca.

Para sobreponerse a lo que acababa de ver, decidió llamar a Jackie y a Robert para informarles de su repentino viaje. Después, tardó varios minutos en acomodarse y recuperar el equilibrio. Muy pronto, estuvieron a miles de metros de altura. El silencio reinaba en la cabina.

—Robert me ha pedido que te diga que tiene muchas ganas de verte —dijo.

Nathan se tensó inmediatamente, pero no tardó en reaccionar.

—Cuéntame lo que pasó entre el señor Anderson y tú.

—Eso no es...

Suspiró. Lo último que quería era hablar sobre sí misma con Nathan. Sin embargo, si él ni siquiera era capaz de tolerar el nombre de Robert, ¿qué le iba a decir cuando le viera? Si el precio para conseguir que no fuera así era responder preguntas personales, lo haría.

—En realidad, no hay mucho. Drew y yo compartimos una relación profesional. En su mayor parte —dijo. Momento de volver al ataque—. ¿Adónde fuiste cuando te marchaste hace ya tantos años?

Nathan pareció entender que se trataba de un intercambio de información.

–Primero a Nueva York. Luego me marché a recorrer Europa con una mochila a la espalda. Entonces, ¿el señor Anderson era tan solo un candidato al que estabas probando?

–No lo estaba probando. De hecho, ni siquiera he tenido una cita con él.

–Eso no es lo que he escuchado.

–No tengo intención de humillarme a mí o humillar a Drew solo para que tú te diviertas.

Nathan se reclinó sobre el asiento.

–Te las arreglaste muy bien tú sola. He revisado todos los informes del último trimestre y lo único que ese hombre ha hecho ha sido arruinar la empresa. Él con la cabeza enterrada en nubes de amor y tú contraria a correr riesgos hubierais hecho que Travelogue muriera en menos de un año.

Hacía tiempo que Drew y ella se conocían. Su relación estaba siempre en una extraña intersección entre la amistad y el trabajo. Sin embargo, las cosas habían empeorado considerablemente en los últimos meses.

–Jamás me habría imaginado que él me vendería contigo.

–Lo de venderte a mí fue lo más inteligente que ha hecho en mucho tiempo. En el último trimestre no ha habido crecimiento económico. Drew despedía a todos los que tenían buenas ideas, como ese estratega de marketing...

El agua con gas que ella le había pedido a la azafata llegó. Riya le dio un buen trago para tomar fuerzas.

–La única estrategia de marketing sugerida era que incrementáramos el coste de inscripción para los clientes que llevaban con nosotros desde el principio y que nos lleváramos una parte mayor de los beneficios de las ventas de última hora en los paquetes turísticos. Estamos hablando de familias de clase media que vienen a nosotros porque les proporcionamos los mejores precios, no viajeros internacionales que no se lo tienen que pensar dos veces para comprar empresas con dificultades igual que un niño se compra y rompe juguetes.

–Esa estrategia de marketing es perfecta –replicó él–. Se debe tratar de crear diferentes niveles de socios. Una tarifa ejecutiva que cobre más y que proporcione una experiencia diferente. Travelogue se está perdiendo muchos clientes de ese modo. Si no crecéis, si no expandís vuestros horizontes, os veréis fuera del mercado.

–Ese es un riesgo muy grande que nos podría alienar de nuestra clientela actual.

–Así es. Y es un riesgo que yo estoy dispuesto a correr.

–¿No te cansas nunca? –le preguntó ella de repente.

–¿Cómo dices?

–Que si no te cansas nunca de mostrar tan abiertamente tu poder y tu arrogancia.

Nathan soltó una carcajada. El profundo sonido fue directamente al corazón de Riya, como si fuera un misil hábilmente dirigido. Parecía que todo lo que él decía o hacía tenía como objetivo el corazón de Riya u otra parte de su cuerpo, partes en las que no debería estar pensando...

¿Cómo era posible que él pudiera derribar sus defensas tan fácilmente? ¿Por qué la afectaba de ese modo?

Riya no tenía respuestas, tan solo la creciente preocupación de que jamás podría descubrir cómo resistirse a él.

–¿Qué harás cuando te entregue la finca? ¿Echarás a Robert y a Jackie?

–Puede. O tal vez todos podamos vivir bajo el mismo

techo como una familia feliz. ¿Aplacaría eso tu sentimiento de culpa?

—Me parece una perspectiva horripilante. Lo mires por donde lo mires, esa opción sería un desastre. Todo esto te resulta tan divertido y tan trivial... No te importa nada... Tienes todos esos recursos, tu propio avión y, sin embargo, no has podido ir a visitar a tu padre en diez años.

—Ya no voy a seguirte el juego, Riya. No voy a contestar a eso.

Nathan le entregó unos papeles. La primera página, llevaba impresas las palabras *Acción disciplinaria*.

Ella aceptó los papeles con manos temblorosas.

—¿Qué es esto?

—El hecho de que dirigiera la empresa tan penosamente en los últimos meses significó que Drew fuera el prescindible de los dos. Por el momento. Sin embargo, eso no significa que tú no tengas culpa. Necesito saber la fuente del problema entre vosotros dos.

—¿Se trata de munición para convertirme a mí también en prescindible?

—Me estoy asegurando de que esté adecuadamente documentado. Se trata de una política habitual de RRHH en mi grupo de empresas.

Nathan se reclinó en su asiento tratando de descifrar el rompecabezas que Riya Mathur suponía para él. El motor de software que ella había construido era extraordinariamente complejo. Eso era lo que le había dicho a Nathan uno de sus propios ingenieros. Sin embargo, ella no lo utilizaba en su máximo potencial expandiendo la base de clientes o extendiendo las alas en modo alguno.

—Esta es tu única oportunidad de aclararlo todo —dijo él suavizando la voz.

—El año pasado, el día de Año Nuevo, una semana después de que hubiéramos inscrito al socio número quinientos mil, celebramos una fiesta. Drew estaba borracho... Yo tomé una copa de vino blanco. Terminamos... el uno junto al otro cuando dieron las doce. Él me besó... delante de todos los empleados... Yo le devolví el beso... creo. Antes de que me diera cuenta de que debía pararlo.

—¿Crees?

—No sé lo que ocurrió o cómo dejé que ocurriera. Solo sé que fue la mayor estupidez que he hecho en toda mi vida. En mi defensa, tengo que decir que ese día recibí la noticia de que Robert estaba fuera de peligro y con lo de la empresa alcanzando un hito tan importante... Me odio por haber perdido el control de ese modo. Jamás fue mi intención.

—¿Estás hablando de disfrutar de un beso?

—Sí. En primer lugar, fue muy poco profesional. Además, fue una tontería en muchos sentidos. En estos momentos, no entra en mis planes tener una relación con un hombre. Estoy centrada en mi trayectoria profesional.

—¿Tienes un plan para tu vida? —le preguntó él. La incredulidad ante lo que acababa de escuchar se estaba transformando en algo mucho más insidioso.

—Sí... más o menos. Drew es demasiado volátil. Poco de fiar. Cuando esté dispuesta para sentar la cabeza, dentro de unos diez años o así, quiero un hombre estable que esté a mi lado el resto de mi vida, que sea un buen marido y un buen padre. Sin embargo, en estos momentos no puedo permitirme verme desviada por...

—Parece que tu plan de vida te permite cualquier cosa menos vivir —comentó Nathan, bastante enojado.

Ella lo miró atónita.

Nathan no comprendía su propio interés. ¿Qué le importaba a él si Riya se pasaba el resto de su vida trabajando por su empresa y su finca, desperdiciando la vida en vez de vivirla?

–¿Tienes un listado de cualidades y un plan específico para cuando encuentres y te aparees con ese espécimen ideal de masculinidad?

–Mi vida personal no tiene nada que ver contigo –le advirtió ella–. Solo te estoy contando todo esto porque estás cuestionado mi comportamiento profesional.

–Y tú, sin embargo, te atreves a preguntarme dónde he estado todos estos años.

–Eso es porque he visto el dolor que le has causado a Robert durante mucho tiempo. Por mucho que lo intente, no puedo evitar preguntarme qué clase de hombre se aleja de todo lo que conoce durante una década sin mirar nunca atrás. Ni siquiera te quedaste para el entierro de tu madre. No te importó lo que le pasaba a tu padre durante diez años. No viniste cuando María... Si no me hubiera dado cuenta de que ella sabía dónde estabas...

–Ya basta.

Nathan le dedicó una mirada tan dura que Riya no tardó en comprender que había rebasado los límites.

–Quiero un nuevo modelo de software para dentro de tres semanas con el que poder inscribir socios ejecutivos. Que tu equipo prepare la presentación. Tú te encargarás del evento con el que lo presentaremos.

Riya se quedó boquiabierta.

–No puede estar listo dentro de tres semanas. Tendré que rediseñar el motor de software al completo. Y yo jamás he trabajado de cara el público.

–Pues ya va siendo hora. Organízate el trabajo y

aprende a delegar. La próxima vez que un colega te profese amor inmortal en el lugar de trabajo y siga acosándote, lo comunicarás inmediatamente a RRHH.

Riya golpeó la mesa que había entre ellos con las palmas de la mano.

—¿Cuánto tiempo vas a seguir odiándome por lo que hizo mi madre?

—No valores en exceso el lugar que ocupas en mi vida, Riya. Aunque, gracias a tu manipulación, me está empezando a resultar una incomodidad moderada.

—¿Cuánto tiempo vas a seguir castigándome por mentirte?

—¿Castigándote?

—Sí. Dándome órdenes, llevándome por todo el mundo, poniéndome objetivos que no voy a poder cumplir, forzando este... este...

Nathan se puso de pie.

—Tienes bastante imaginación para tratarse de alguien que está decidida a vivir su vida según un plan. Tenemos un trato, un trato que tú iniciaste. ¿Te molesta que te haga cumplir tu parte o acaso es que no puedes tratar conmigo personalmente?

Riya se puso también de pie, pero con la intención de alejarse de él.

—No sé de qué estás hablando...

Nathan le agarró el brazo.

—Si vamos a ser del todo sinceros, uno de nosotros tiene que llamarlo por su nombre.

El pánico se apoderó de ella.

—No hay nada a lo que poner nombre —dijo ella, tratando de zafarse de él.

Nathan no la soltó. Prácticamente la arrinconó contra su asiento. La miraba como si pudiera tocarla, deteniéndose sobre los ojos, la nariz, la boca... El sonido de las respiraciones de ambos, agitadas, envolvía el silencio. Ella no comprendía de dónde venía tanta energía ni por qué era tan fuerte.

Cuando besó a Drew, el contacto resultó agradable. Como un día en la playa o como sentarse delante de la chimenea en una fría jornada de invierno. Cuando Nathan la tocaba, Riya se sentía a punto de estallar.

–Por favor, Nate. Te ruego que me sueltes...

Él sonrió, pero no la soltó. Su aliento le acariciaba la nariz y la mirada parecía prendida de la boca de Riya.

–No te preguntaste qué pasaría si yo regresaba y ponía tu vida patas arriba. No esperabas esta corriente que cobra vida cuando nos miramos. ¿Tienes un plan sobre lo que hacer en esta retorcida situación en la que nos encontramos? ¿Sigues creyendo que tu vida está totalmente bajo control?

–Lo estaría si tú no estuvieras tan decidido a jugar conmigo.

–Hoy no he hecho nada que no hubiera hecho aunque no fueras la mujer más hermosa, más irritante y más extraña que he conocido nunca.

Riya dejó escapar un suspiro al escuchar la vehemencia de sus palabras. Entonces, Nathan la soltó y dio un paso atrás. De nuevo, su mirada parecía cubierta de escarcha invernal. La miraba con intranquilidad, como si no supiera lo que había pasado.

–Tú eres el problema, Riya. No yo. Me turbas cuando estoy cerca de ti, cuando te toco. Tú te resistes atribuyéndome motivos. Dime que me venderás la finca y haré que el piloto dé la vuelta. Dime que ya has tenido bastante.

–¿Por qué te estás enfrentando a mí de este modo? –le preguntó ella presa de la desesperación–. ¿Qué pierdes hablando con Robert unas cuantas veces? ¿Qué tienes ahí dentro, una dura roca en vez de corazón?

El ataque de Riya le sorprendió. La miró fijamente con desprecio. Y Riya supo exactamente el momento en el que él decidió que ella no merecía la pena.

Una perversa desilusión se apoderó de ella.

–No tengo corazón –replicó él–. Al menos no uno que funcione bien. Jamás le perdonaré por lo que le hizo a mi madre. La dejó tirada cuando ella más lo necesitaba. Le restregó por las narices su aventura con Jackie. Solo pensar en él me llena de ira y me recuerda mi propia debilidad.

Capítulo 5

RIYA se puso muy recta en el asiento cuando aterrizaron. Se había pasado el vuelo mirando la pantalla y observando a Nathan a escondidas. Sin embargo, él parecía haberla sacado de su pensamiento sin mayor dificultad.

No hacía más que pensar en el nuevo software que él le había pedido, pero se sentía demasiado inquieta para poder centrarse. Por mucho que le doliera, sabía que él tenía razón.

Llevaba años enterrándose en el trabajo, en la finca y en Robert y en Jackie. Se había negado por completo una vida normal.

¿De qué servía invitar a alguien a su vida cuando lo único que le esperaba era el dolor y la desilusión, cuando, inevitablemente, terminaría viéndose abandonada y sola? Un pequeño error y Drew se había alejado de ella sin problemas. ¿No era eso mejor que el dolor que la esperaba si se permitía formar un vínculo con alguien?

Llevaba años preguntándose por qué su padre había renunciado a ella tan fácilmente, por qué no era suficiente para Jackie...

Ciertamente, resultaba mucho más seguro centrarse en el trabajo, en el desarrollo de su profesión. Al menos, los resultados dependían solo de ella. Sin embargo, también significaba que no se encontraba debidamente equipada para enfrentarse a la atracción que sentía por Nathan.

Cuando por fin bajaron del avión, observó desde la escalerilla el hermoso paisaje de playas y agua que los recibía. Se quedó boquiabierta, completamente atónita ante la magnífica belleza que se le presentaba.

Aquella isla era un paraíso y, aparentemente, la siguiente aventura empresarial de Nathan.

Los recibieron un equipo de arquitectos e ingenieros.

–¿Sigue Sonia trabajando? –preguntó. Le dijeron que sí.

La curiosidad que Riya sentía sobre la isla y el proyecto que él había mencionado hizo que ella permaneciera junto a Nathan. Se quedó impresionada por la atención que prestaba a los detalles, las incisivas preguntas que realizaba... Era como ver un superordenador trabajando.

Se enteró de que la isla iba a ser alquilada como refugio privado a los famosos que quisieran disfrutar del paraíso al increíble precio de medio millón de dólares al día. La visita guiada que realizaron a continuación la dejó completamente boquiabierta.

La isla contaba con seis alojamientos de estilo balinés, un submarino que se podía alquilar para visitar la barrera de coral, un jacuzzi en el que podían bañarse veinticuatro personas a la vez, playas privadas, piscinas infinitas, pistas de tenis y una amplia selección de deportes acuáticos. Además, cada uno de los alojamientos contaba con su propio chef, su propia masajista y diez miembros del servicio doméstico. Nathan no había pasado por alto ningún detalle.

Cuanto más veía Riya, más culpable y más asombrada se sentía. A pesar de ser el dueño de aquel paraíso, lo único que él deseaba de verdad era la finca de su madre. Había aceptado el trato que ella le había ofrecido cuando podría haber hecho lo que hubiera querido con su empresa e incluso con ella misma. Eso no era propio de un hombre sin corazón. A Riya le costaba aceptar lo que podría significar en realidad.

«Solo pensar en él me llena de ira y me recuerda mi propia debilidad».

No podía olvidarse de las palabras que él había pronunciado. Bajo la ira había tanto dolor... Lo único que sabía era que Anna, su madre, había muerto por un problema de corazón. ¿Por qué había dicho que Robert le recordaba su propia debilidad? Si miraba la energía con la que interactuaba con su equipo, le resultaba difícil creer que él tuviera debilidad alguna. Era guapo, rico e inteligente.

En algún momento desde que llegaron, él se había puesto unos pantalones cortos de color caqui y una camiseta de algodón. El implacable sol le acariciaba el rostro y le sacaba una miríada de destellos del azul de sus ojos.

Estaba señalando a alguien con la mano cuando la mirada de Riya se cruzó con la de él. En aquellos momentos estaban almorzando en el porche de una de las casas, por lo que Riya se centró inmediatamente en su comida.

Acababan de servir el postre, un suflé de chocolate, cuando Nathan se sentó junto a ella.

–¿Qué te parece? –le preguntó. De repente, todo el mundo quedó en silencio, como si la respuesta que ella pudiera dar así lo exigiera.

–Todo es precioso –respondió–. Es un lugar maravilloso. Te aseguro que no necesitas a Travelogue para encontrar clientes de alto standing para este lugar.

Riya sabía que solo la había llevado hasta allí para hacer que se sintiera incómoda.

–Tengo algo más en mente para Travelogue. La isla es el lugar donde lo vamos a probar. Cada daño, habrá tres meses en los que ofreceremos las seis casas independientemente. Unas rebajas especiales para los clientes con menor poder adquisitivo que les dará la oportunidad de disfrutar de un trozo del paraíso.

–¿Y los ingresos de esos tres meses? Van a una obra benéfica, ¿no?

Riya recordó la Fundación Anna Ramírez.

–Así es.

–No sé qué decir, Nathan. Yo...

–Ponte a trabajar. Quiero que construyas un nuevo servidor además del paquete turístico que diseñará tu equipo y que unirá esto al modelo de software que vas a diseñar. Necesitaremos...

–Diferentes niveles de precios, de paquetes e incluso portales para que se puedan registrar los diferentes socios –replicó ella, muy emocionada.

Le daba la sensación de que ni siquiera había rascado la superficie de lo que Nathan era en realidad. Sin embargo, se había permitido el lujo de juzgarlo por no ir a ver a su padre en todos aquellos años. La asustaba y la emocionaba pensar todo lo que podría aprender de él en las próximas semanas.

–En ese caso, tal vez dures lo suficiente conmigo –dijo él poniéndose de pie.

Riya levantó la mirada. No sabía si disculparse de algo que desconocía o dejar las cosas como estaban. Algo en el tono de su voz dejaba muy claro que la había vuelto a poner en su papel de empleada. Que lamentaba la pérdida de control que había tenido antes.

–Tómate un par de horas libres –le dijo–. El calor de la isla puede resultar demasiado fuerte para los recién llegados.

Riya asintió. Al ver cómo Nathan se alejaba, sintió una extraña desilusión.

Nathan estaba firmando electrónicamente unos documentos para su manager virtual cuando oyó más de un profundo suspiro por parte de los miembros de su equipo.

Sorprendido por el cambio en el ambiente de trabajo, levantó la mirada de su tableta. Entonces, sintió que a él también se le cortaba la respiración.

Riya bajaba por el empinado sendero ataviada con una camiseta blanca muy ceñida y unos pantalones vaqueros cortos. Se había recogido el cabello en una coleta muy alta que se balanceaba de un lado a otro con cada uno de sus pasos. Llevaba unas sandalias planas que se le ataban a los tobillos de un modo muy sensual.

Nathan no podía culpar a su equipo por haber perdido la concentración ni a ella por haberse cambiado de ropa. El calor era sofocante. A pesar de todo, cada centímetro de su cuerpo se tensó. Apartó la mirada y trató de no pensar que podría poseerla si así lo deseaba.

Riya se detuvo y miró a su alrededor con una deslumbrante sonrisa que la hacía aún más atractiva. Era como una hermosa mariposa que se negaba a abandonar el capullo. De repente, él deseó ser quien la animara a hacerlo.

Lanzó una maldición y se puso de pie. Se dio la vuelta para no ver la tentación que ella representaba. Se recordó que había conquistado obstáculos y temores que eran mucho más peligrosos.

Las cosas ya estaban demasiado complicadas entre ellos. Además, por el episodio que ella había tenido con Drew, sabía que ella jamás podría hacerse a él. Nathan, por su parte, necesitaba una mujer que siguiera las reglas y el mapa que se había trazado para su vida tanto como un ataque al corazón. Lo que debería hacer era ponerla en el siguiente vuelo a San Francisco y olvidarse de lo que habían acordado. Sin embargo, con solo mirarla, comprendió que no podía hacerlo.

Le quedaban tres meses más de aquella tortura y ya se estaba arrepintiendo de sus propias reglas.

Riya se puso las gafas de sol y miró a su alrededor. Se había equivocado completamente en todo lo que se había imaginado. No era un casino, ni un hotel ni un teatro ni una maravilla arquitectónica de ningún tipo.

Una enorme grúa se erguía detrás del equipo de trabajo. Un habitáculo que era tan alto como ella rodeaba la grúa. Con el corazón latiéndole con fuerza, dio un paso al frente y entró. Entonces, se detuvo en seco.

En el centro del habitáculo había una plataforma con una barandilla de exquisito diseño. Un lujoso sofá estaba apoyado contra la pared. Riya se dio cuenta de que estaba soldado al suelo de madera. Mientras observaba con creciente curiosidad, vio que se encendían unas luces colocadas estratégicamente en el perímetro del suelo.

A ambos lados del sofá había dos pequeñas mesas, decoradas con exóticas orquídeas y bandejas de bombones, e incluso cubiteras con champán. Por último, se dio cuenta de que había cinturones de seguridad en el sofá.

Se dio la vuelta, decidida a descubrir si aquella fantástica idea era verdaderamente cierta, cuando Nathan y una mujer morena y alta entraron en el habitáculo.

–Esta es Sonia López. Es la directora del proyecto –dijo. La mujer lo miró, como si esperara que él dijera algo más. No fue así–. Riya Mathur. Es la ingeniera de software de una empresa que he adquirido recientemente.

Riya estrechó la mano de la mujer. Sonia miró de nuevo a Nathan antes de salir del habitáculo.

Los dos se quedaron a solas.

Riya se sobresaltó cuando él le agarró la muñeca y tiró de ella hacia la plataforma.

–Vamos.

–No –replicó ella–. Preferiría ser una simple espectadora. Gracias.

–No hay elección.

Riya dio un paso al frente y observó de nuevo la plataforma.

–No es justo, Nathan. El hecho de que yo me monte en esto no tiene nada que ver con mi capacidad de trabajo.

–La vida no es justa, Riya, hay que disfrutar de las emociones cuando se puede.

Con eso, la empujó y los dos atravesaron la barandilla.

–Pareces un niño que se monta en una atracción para adultos por primera vez.

Nathan le agarró la mano y la hizo sentarse en el sofá. Entonces, colocó el cinturón de seguridad alrededor de ambos. A los pocos minutos, el suave ronroneo de un motor comenzó a sonar. La grúa empezó a desplegarse, levantándolos a ambos hasta el cielo.

Riya contuvo la respiración y se aferró con fuerza a la mano de Nathan. Al ver que subían cada vez más, comenzó a reírse con nerviosismo.

La isla estaba a sus pies como si fuera una reluciente joya. Las casas, las piscinas, los hermosos jardines... Riya jamás había visto algo tan hermoso. El corazón le latía a toda velocidad y sentía una extraña sensación en el estómago.

Cuando parecía que podrían tocar las nubes, se detuvieron. Giró la cabeza y se encontró con el perfil de Nathan. Él miraba a su alrededor, con los ojos llenos de emoción y energía.

Aquello era lo más emocionante que Riya había hecho nunca. A pesar de ser la vista más hermosa de la que había disfrutado nunca, todo palidecía comparado con la profunda masculinidad del hombre que le estaba dando la mano.

De repente, el pánico se apoderó de ella.

—¿Te encuentras bien, Riya? —le preguntó él agarrándole la mano con fuerza.

—Sí. Esta es tu verdadera emoción, ¿no es así?

El cinturón de seguridad los obligaba a estar demasiado juntos. Cuando él giró la cabeza, su rostro quedó demasiado cerca del de Riya.

—Sí.

—Es espectacular...

—A mí también me lo parece.

—Espero que no vaya a estar limitado a esta isla. Todo el mundo debería poder disfrutar de algo así.

—Estamos pensándolo para Las Vegas, París, Bali, São Paulo Bombay y Londres en un principio. En cuanto lancemos el nuevo nivel para los socios, también les ofreceremos una oferta sobre esto con un importante descuento.

—Va a ser magnífico. ¿Cómo se va a llamar?

Nathan se encogió de hombros y sonrió.

—Aún no lo he decidido —dijo.

Antes de que ella pudiera parpadear, el cinturón de seguridad se soltó. Al imaginarse que los dos caerían al vacío, Riya contuvo la respiración y se agarró con fuerza. Entonces, se dio cuenta de que Nathan había desabrochado el cinturón.

–No... No... No... Nate, por favor... Noooo –gritó ella mientras Nathan tiraba de ella hasta ponerla de pie.

La condujo hasta la barandilla. La plataforma se balanceó en el aire. Riya sintió que se le hacía un nudo en el estómago y se agarró a él con fuerza. Nathan se tensó durante un instante.

Riya no se podía despegar de él.

–No te preocupes, Riya –susurró Nate. La abrazó y sonrió–. No te dejaré caer.

Al sentirse protegida, Riya miró a su alrededor y admiró la increíble vista. Fue un momento de absoluta perfección, de gloriosa belleza.

Cuando Nathan volvió a conducirla hasta el asiento, ella lo hizo de mala gana. Se arrepentía de que todo hubiera terminado. Permanecieron sentados un tiempo. La tarde pareció envolverlos en su intimidad.

Riya sintió una profunda gratitud por el hecho de que él le hubiera dado una oportunidad de formar parte de aquello. De repente, una sensación desconocida empezó a cobrar vida dentro de ella. Sintió miedo también porque se estaba metiendo en un territorio desconocido.

–Nathan... Siento mucho todo lo que... todo el daño que te hemos causado. Ni siquiera me puedo imaginar lo que sentiste al saber lo de Jackie y lo mío tan pronto después de que ella muriera. Estoy tan...

Nathan colocó un brazo sobre el respaldo del sofá y se giró. Entonces, le colocó un dedo sobre la boca.

–No necesito que tú te disculpes.

–¿Tiene María razón? ¿Habrías regresado antes a casa si Jackie y yo nos hubiéramos ido?

–No. Deja el pasado donde está, Riya. Sal de tu capullo y vive la vida, pequeña mariposa.

–Solo porque no suela subir cientos de metros hacia el cielo no significa que no viva la vida –replicó ella.

Los largos dedos de Nathan terminaron sobre la mandíbula de Riya. Entonces, se colocó de lado hasta que él fue lo único que ella vio. Riya se encontró mirando unas profundas lagunas azules de líquido deseo.

Ella también lo experimentó. Cada centímetro de su cuerpo vibraba con alarma y anticipación.

Estaban suspendidos en el cielo. El hombre que estaba junto a ella era el más guapo y el más complejo que hubiera conocido nunca. En ese momento, algo que había refrenado en su interior, algo que ni siquiera se había dado cuenta de que existía, se desató lentamente.

Bastó un único movimiento de la cabeza de él y, de repente, el aliento de Nathan le acarició suavemente la nariz.

Los dedos de Riya cayeron sobre el torso de él con la intención de apartarlo, pero el potente rugido de los latidos de su corazón acalló cualquier pensamiento racional. Un lento fuego comenzó a arderle en el vientre, extendiéndose por cada centímetro de su cuerpo.

Un largo dedo le trazó delicadamente la mejilla.

—Creo que lo más terrible del mundo es que no sepas si has disfrutado de un beso o no, mariposa. Es horrible que ningún hombre te haya enseñado.

El deseo líquido oscureció el gélido azul de sus ojos para transformarlo en un cielo nublado.

Riya solo pudo pensar en él. Todo lo demás quedó en un segundo plano, a excepción del fuerte tintineo de su propio pulso.

El roce de los labios de Nathan contra los suyos fue fresco y cálido al mismo tiempo, firme y tentador, osado y delicado a la vez. La barba de él torturaba la delicada piel de Riya, despertando en ella las más desatadas sensaciones. El contraste entre los suaves labios y la dureza de la barba hizo que todo se desmoronara a su alrededor.

Sin embargo, lo que más la sorprendió fue su propia respuesta. La fuerza del anhelo que se despertó dentro de ella fue increíble. Agarró con fuerza la camisa de Nathan a medida que él incrementaba la presión. Por fin, quedó reclinada sobre el sofá. El cuerpo de Nathan se movía sobre el de ella, invitándola a apretarse contra él.

Riya ronroneaba como una gata, sorprendida del placer que estaba experimentando. Exigía más. Quería más.

No era que fueran solo sus bocas las que se estaban tocando. Los dedos de Nathan le acariciaban el cabello y la sujetaban para él. Su esbelto cuerpo la envolvía. Estaba por todas partes. El contacto resultaba ajeno y, a la vez, familiar. Riya temblaba, sometida a la potente fuerza que emanaba de él. Las sensaciones eran increíbles.

El beso pasó de ser lento y suave a convertirse en explosivas sensaciones, en pasión en estado puro. Nathan mordía y acariciaba, mordisqueaba y lamía. La besó como si a los dos les fuera la vida en ello. Riya se lo permitió. Permaneció pasiva, jadeante, disfrutando de las caricias, dejando que él le robara el aliento y que le insuflara el suyo propio.

Cuando él se detuvo, el cuerpo de Riya protestó. Ella se sonrojó al ver que él se retiraba y la miraba a los ojos. El pulgar le acariciaba suavemente el labio inferior, haciendo que ella volviera a temblar.

–¿Te ha gustado ese beso, mariposa?

El beso había sido maravilloso, pero a ella le escoció la burla que vio en sus ojos, la arrogancia contenida. No había sido nada más que un desafío para él. Por el contrario, Riya había visto cómo los cimientos de su vida se habían tambaleado.

–Me habría sorprendido que no hubiera sido así –replicó ella, con la máxima frialdad–. Muy altruista por tu parte –añadió, esperando que él lo negara.

Sin embargo, Nathan sonrió.

–No se me ha considerado uno de los mayores filántropos de esta generación sin razón alguna.

–Perdona si ser tu obra benéfica no me llena de emoción.

Riya se dio la vuelta y guardó silencio. Por suerte, sintió que la plataforma comenzaba a descender. Acababan de salir del habitáculo cuando vieron que se acercaba Sonia. Tenía la mirada entristecida y el rostro marcado por el dolor.

Riya sintió un profundo arrepentimiento. ¿Los habría visto todo el mundo besándose? Si Nathan no se hubiera sentido satisfecho tan solo con un beso, ¿hasta dónde le habría dejado ella ir?

Vio que Nathan se convertía en un bloque de hielo a su lado y decidió salir huyendo mientras se preguntaba en qué se habría metido. Al llegar a la casa, no pudo evitar volverse para mirar a Nathan. Estaba junto a Sonia.

La tensión que emanaba de ellos y el lenguaje corporal que compartían dejaba muy claro que eran o habían sido amantes. El dolor que había visto en los ojos de Sonia era muy real.

Allí tenía una pista para el pasado de Nathan, una respuesta a la curiosidad que había estado devorándola. Los celos la inmovilizaron.

Riya se echó a temblar y se limpió la boca con el reverso de la mano. Ojalá pudiera desprenderse tan fácilmente de su sabor.

No podía dejar de pensar. Nathan se había detenido fácilmente. Ella no era nada más que un entretenimiento para un hombre que construía castillos en el cielo, para el hombre que ganaba millones vendiendo una experiencia.

Durante los siguientes días, Riya evitó a Nathan. No le resultó difícil con la cantidad de trabajo que tenía, aunque no se había podido olvidar del beso ni de la dolida expresión del rostro de Sonia.

Al día siguiente por la tarde, había ido a buscarla con la intención de asegurarle a ella, y a sí misma, que no tenía nada con Nathan. Entonces, descubrió que Sonia se había marchado de la isla por la mañana. El hecho de que Nathan se hubiera deshecho de ella tan rápida y discretamente la enojaba. ¿Cómo se atrevía a opinar de su conducta cuando, evidentemente, él no era mejor? ¿Era aquel el verdadero Nathan, flirteando de una mujer a otra y alejándose de ellas cuando había terminado? ¿Y por qué le molestaba a ella que así fuera?

Nathan era su jefe y el hijo de Robert.

Se pasó el resto de los días trabajando y disfrutando de la magnífica belleza de la isla. La tarde del día antes de marcharse, Riya estaba trabajando en uno de los dormitorios de la casa que compartía con otras cuatro mujeres del equipo. Estaba contenta porque había encontrado por fin la solución a un problema de diseño que llevaba dos días tratando de resolver. De repente, Nathan apareció en el ventanal que daba al jardín. Iba vestido con una camiseta de algodón blanca y unos vaqueros. Unas gafas de sol ocultaban la expresión de su rostro, pero a Riya no le importaba. No podía apartar la mirada de su rostro afeitado. Se había quitado la barba, aunque no estaba recién afeitado.

La boca que había quedado tan al descubierto despertó un deseo inmediato en ella. Los hombres no deberían tener bocas así. Jugosas y sensuales, de forma perfecta. Un cojín de suavidad que contrastaba contra la dureza del resto de él.

Riya sintió deseos de levantarse y volver a besarle para ver cómo era sin barba. No lo hizo.

—Te has afeitado —comentó.

Riya carraspeó al darse cuenta de que acababa de decir aquellas tres palabras en voz alta.

—¿Qué has dicho? —preguntó él. Dio unos pasos más hacia el interior de la habitación.

—Nada —mintió ella—. ¿Teníamos alguna reunión?

—No. Riya, ¿por qué no has ido con los demás a la excursión submarina? La fauna marina que hay aquí no tiene parangón. Conociéndote, seguramente pasarán otros diez años antes de que vuelvas a abandonar California.

—Estaba algo atascada con un problema de diseño bastante complicado y quería resolverlo. Y así ha sido. Ya tengo un modelo inicial.

—¿Ya? —preguntó él muy sorprendido.

—Sí —respondió ella mientras le entregaba su portátil.

Nathan tomó el ordenador y se sentó a los pies de la cama. Después de unos minutos, cerró el portátil y la miró. Le hizo un par de preguntas incisivas y luego asintió.

—Es mejor de lo que esperaba. Carga los documentos en la nube de la empresa. Haré que mi director de investigación y desarrollo los eche también un vistazo. No sé cómo trabajará el resto del equipo de Travelogue, pero tú tienes un puesto en RunAway.

—Yo no quiero otro trabajo —replicó ella—. Quiero recuperar mi empresa.

Nathan se puso de pie.

—En ese caso, estás a mitad de camino.

—¿Hasta que recuerdes por qué no te cedo la finca?

–¿Cómo has dicho?

–Me gustaría saber lo que tienes reservado para mí, hasta dónde estás dispuesto a ir por... Tú me besaste.

Nathan frunció el ceño. Desgraciadamente, era una pena que aquel maldito beso fuera lo único en lo que podía pensar. Ni siquiera el incidente con Sonia había sido suficiente para aplacar el fuego que había empezado a arder en él.

–Y tú me lo devolviste. No veo adónde quieres ir a parar con esta conversación.

–¿Qué pasó con Sonia?

Aquella pregunta le puso inmediatamente en guardia. Le dolía haberle hecho daño a Sonia.

–Eso no es asunto tuyo –replicó dándose la vuelta.

Ella le agarró el brazo y le impidió que se marchara.

–Respóndeme, Nathan.

–¿Tú crees que un beso te da derecho a interrogarme de este modo?

–No. Tan solo estoy tratando de comprenderte.

–¿Por qué?

–Tú tienes el destino de mi empresa, y el mío propio, en tus manos. No creo que merezca la pena matarme si eres un ser sin escrúpulos. Si tienes por costumbre convertir en amantes a tus empleadas para luego despedirlas cuando las cosas se ponen feas, preferiría saberlo ahora.

–Menuda imagen acabas de pintar de mí –comentó él, riendo.

De hecho, él incluso la prefería a la verdad. La realidad de perder a una amiga que lo conocía desde hacía más de una década resultaba demasiado dolorosa. Las personas que eran constantes en su vida desde hacía diez años eran tan solo dos: Sonia y Jacob, su manager.

El hecho de darse cuenta de que estaba condenando su alma a la soledad aún le escocía.

Sonia se había marchado sin previo aviso, dándole un ultimátum entre su amor y la amistad. Cuando buscó consuelo en ella, rompiendo sus propias reglas, a Sonia se le había olvidado que él no tenía relaciones con nadie, que vivía su vida en solitario por elección, que había convertido su corazón en piedra a lo largo de los años. Que no podía debilitarse dejándose llevar por los sentimientos.

Inmediatamente, le había dicho a Sonia que todo era un error y que nada había cambiado. No podían volver a repetirlo. Había sido culpa suya no mantener las distancias con ella como con el resto de la gente. Era culpa suya que ella se sintiera herida y también haber cedido a la tentación con la mujer que tenía frente a él en aquellos momentos, una mujer menos preparada para manejarle que la propia Sonia

—¿Cómo puedes ser tan... insensible sobre el dolor de otra persona?

—¿Te refieres a ella? —replicó Nathan. Riya le había agarrado la camisa, por lo que él, a su vez, le agarró a ella las manos—, ¿o te refieres a ti y a tu plan? Fue un beso fantástico, Riya, pero no dejes que te distraiga de tu plan.

Ella le soltó como si Nathan le hubiera dado una bofetada.

—Sé que no soy nada más que un desafío para ti y ese beso... No es nada más que la prueba de que, contigo, estoy fuera de mi elemento. Sin embargo, tú y ella os conocéis desde hace una década y ahora nadie sabe dónde está.

—No se le ha hecho injusticia alguna —replicó él girándose para observar la maravillosa vista—. Sonia tiene el veinte por ciento de las acciones de RunAway. Todo le irá bien.

—Entonces, ¿por qué se marchó?

–Porque le dije en términos muy claros que ya no tenía lugar en mi vida. Es una pena, porque ella era mi
única amiga –musitó él.

Riya se quedó atónita al escuchar lo que Nathan acababa de decir. Sin embargo, el desinterés y el desafecto
no se le reflejaban en los ojos, en los que se adivinaba
un profundo dolor. Lo que le había pasado con Sonia
no le había hecho salir indemne.

–¿Por qué?

–Ella se metió con lo único que le dije que no tocara.

–¿Qué pudo haber hecho para que la apartaras de tu
vida como quien borra un archivo?

Nathan sonrió al ver la consternación de Riya, pero
no había calidez en su rostro. Tampoco burla. Tan solo
la sombra del dolor.

–Se enamoró de mí a pesar de saber que soy alérgico
a ese concepto.

El impacto de sus palabras cayó sobre Riya como si
se tratara de un cubo de agua fría.

–Ella sabía que yo no quería su amor. Sabía que no
iba a salir nada de ello, pero no me escuchó. Ahora, nos
ha costado a los dos una amistad que debería haber du-
rado toda una vida.

No importaba que le doliera. Había apartado a Sonia
de su vida. Nunca se había preocupado de Robert. Nathan era exactamente la clase de hombre que podía marcharse sin mirar atrás.

Aquello era la prueba que Riya necesitaba para darse
cuenta de que, de todos los hombres por los que se podría haber sentido atraída, Nathan era el más peligroso.

Capítulo 6

DESPUÉS de que regresaran a San Francisco, Riya durmió en una de las habitaciones que se habían reservado en el centro de la ciudad, además de la sala de conferencias para equipo Travelogue.

Nathan les había dado tres semanas para preparar el evento para lanzar su nuevo producto y para que ella creara el software necesario para su funcionamiento. Aunque podía destrozarlos si no realizaban lo que él deseaba, al menos les estaba dando una oportunidad. No obstante, no ayudaba saber que su propio equipo estaba también preparando algo al mismo tiempo. Esperaba que Travelogue fracasara, pero Riya estaba decidida a demostrarle que estaba equivocado.

Nathan trabajaba igual de duro que ellos, dándoles indicaciones y consejos. Si se encontraban un problema, no paraba hasta encontrar una solución.

Tenía una tremenda capacidad de motivación. Con todo el equipo trabajando juntos en una sala, intercambiando ideas y encontrando soluciones al instante a los desafíos que se encontraban, Riya podía decir que habían sido las mejores semanas de trabajo de toda su vida.

Las primeras pruebas que habían hecho del modelo habían sido un éxito rotundo, lo que les había llevado a la siguiente etapa.

Desgraciadamente, a pesar de que habían pasado tres

semanas desde que Nathan y ella llegaron a un acuerdo, él aún no había ido a ver a Robert.

Ella llevaba dos días tratando de hablar con él sin éxito. Nathan era una máquina. Viajando, trabajando, dirigiendo equipos por todo el mundo... Saber que aquella noche estaba tan solo a pocas plantas de ella, en la suite del ático, la animó a aprovechar la oportunidad.

Se cuadró de hombros y tomó el ascensor. Las puertas se abrieron y entró en el imponente recibidor. Durante unos instantes, se perdió en la maravillosa vista de San Francisco que se divisaba desde los enormes ventanales. Entonces, vio a Nathan en el salón. Estaba vestido con unos pantalones de deporte de color grises, que se le sujetaban precariamente sobre las caderas. Estaba haciendo flexiones. La línea de su espalda, definida y tensa, le pareció lo más hermoso que había visto nunca. Tenía la suave piel cubierta de sudor y su respiración iba marcada por los gemidos provocados por el esfuerzo del ejercicio. Riya sintió que el calor se le extendía por todo el cuerpo y que su propia respiración se aceleraba.

Con un rápido movimiento más propio de un animal salvaje, Nathan se puso de pie y agarró una botella de agua.

Riya observó con la boca seca cómo él bebía con avidez. Una gota de sudor se le deslizó por el cuello y el pecho, sobre el que se marcaban acerados músculos. Un ligero vello rubio le cubría los pectorales y formaba una línea que le dividía el abdomen. No tenía unos músculos abultados, sino esculpidos, definidos, que los dedos de Riya ansiaban tocar.

Sentía un irrefrenable deseo de atravesar el salón y apretar las manos contra aquella cálida piel, aspirar el aroma que emanaba de él.

Estaba a punto de aclararse la garganta para delatar su presencia cuando vio que él se tambaleaba. Sintió que se le hacía un nudo en el pecho.

Jamás hubiera imaginado que era capaz de moverse tan rápidamente. Agarró a Nathan por los hombros mientras él se desmoronaba lentamente, como a cámara lenta. Le golpeó en la mejilla mientras el miedo se apoderaba de ella.

—Nathan... Nathan... Nate, por favor, mírame...

Él le agarró del brazo y, muy lentamente, levantó la cabeza. No parecía capaz de enfocar la mirada. Entonces, parpadeó y la miró por fin.

—¿Te he asustado, mariposa?

El miedo aún la atenazaba, pero Riya se contuvo. Aquello era ridículo. Nathan estaba frente a ella, tan firme y arrogante como siempre.

—Riya...

—¿Sí?

Él pasó de agarrarle el brazo a hacerlo con la muñeca.

—No te vayas todavía, ¿de acuerdo?

Riya asintió. La barba incipiente le arañaba la palma de la mano. Nathan no parecía mareado ni desorientado. Lentamente, se apartó los dedos de Riya de la cara, pero no la soltó.

—¿Te encuentras bien?

—¿Yo? —protestó ella—. Yo estoy bien. Pensaba que tú... Nathan, has estado a punto de desmayarte.

Vio algo en la profundidad de sus ojos. Durante un segundo, Riya habría jurado que se trataba de miedo. Entonces, él le dedicó una sonrisa que le dejó sin aliento y arrastró la mano de Riya hacia su pecho.

Su piel era como el terciopelo, cálida como si tuviera un horno en su interior. El pezón le acariciaba suavemente la palma de la mano. Nathan cubrió la mano de Riya con la suya para demostrarle cómo le latía el corazón.

–¿Ves? Todo funciona perfectamente –murmuró, aunque Riya no tenía ni idea de lo que quería decir.

Ella sintió que se le hacía un nudo en la garganta y, sin poder contenerse, lo estrechó entre sus brazos. Escondió el rostro contra su pecho y cerró los ojos.

–Me has dado un buen susto, Nathan.

Él se mostró tan duro como una estatua durante unos segundos. Entonces, comenzó a acariciarle lentamente la espalda. La estrechaba con fuerza contra su cuerpo, tanto que a ella le costaba respirar. Riya sintió que la armadura tras la que Nathan se protegía se resquebrajaba.

–Tranquila... Estoy bien –dijo por fin antes de soltarla. Entonces, le enmarcó el rostro entre las manos–. Sin embargo, necesito un pequeño refuerzo, mariposa...

Nathan realizó un ágil movimiento y atrapó el labio inferior de Riya entre sus dientes. Ella sintió un increíble placer y se echó a temblar. Le colocó las manos en el pecho con la intención de empujarle, pero, en el momento en el que le tocó la suave piel, ya no hubo vuelta atrás.

Con un gruñido de desesperación, Nathan volvió a besarla. Estaba muy caliente, muy sudoroso y temblaba como si ella fuera lo único que deseaba en aquellos instantes. Los dedos se le enredaban en el sedoso cabello y la inmovilizaban mientras él le acariciaba la boca, cambiaba el ángulo de acercamiento y volvía a besarla.

Como si no pudiera parar, como si no pudiera respirar, como si su universo entero se redujera a ella.

Al menos, eso era lo que le parecía a Riya.

Nathan la empujó al suelo y ella se tumbó con facilidad.

–Nathan –susurró mientras sentía cómo él se tumbaba encima y volvía a besarla.

En realidad, no la besaba. La devoraba, despertaba sus sentidos. Le hacía sentirse mareada, excitada y cuidada al mismo tiempo.

–Riya, por favor... –murmuró él mientras le trazaba el labio inferior con la lengua–. Ábrete para mí...

Aquellas palabras terminaron con la resistencia de Riya. Él comenzó a acariciarle la lengua con la suya, a mordisquearle los labios. Cuando ella gimió de placer, él volvió a acariciarle el interior de la boca con la lengua. Riya apenas podía respirar.

Aquel beso era tan diferente del primero... No tenía nada que ver con dar o tomar. Se trataba de reclamar, de poseer, de provocar una respuesta que ella no podía negar. Tenía que ver con lo que sus cuerpos sentían al estar juntos, en cómo una sencilla caricia podía hacer que los dos se echaran a temblar.

Los pechos de Riya se hicieron más pesados. Los pezones le dolían. Arqueó la espalda y dejó que él la encajara contra su cuerpo. Cada centímetro de la piel de Nathan empujaba y se apretaba contra Riya. Debajo de él, se sentía como si fuera todo su universo. Abrió las piernas para acogerle y escuchó que él gemía contra la piel de su garganta. Entonces, sintió que se frotaba contra ella con un gruñido de posesión.

Sentir la firme columna de su masculinidad vibrando contra la delicada entrepierna fue un gozo extremo. El paraíso.

–Por favor, Nate...

Riya quería quitarse la ropa, quería sentir la piel de Nathan contra la suya, quería tocar el sexo que se apretaba con firmeza contra el centro de su feminidad.

Nathan trazó una línea por el cuello de Riya. Ella contuvo la respiración y se aferró con fuerza a los hombros de él. Cuando él chupó con fuerza la delicada piel y le apretó con fuerza un seno, Riya no pudo ya permanecer inmóvil. Realizó un rápido movimiento para unirse más a él, pero al bajar se golpeó la cabeza con el suelo.

Con una maldición, Nathan los puso a ambos de rodillas y comenzó a examinarle la cabeza. Riya observaba las reacciones que él pudiera tener. Se sentía sin fuerzas, pero también privada, frustrada.

¿Qué había hecho? ¿Qué era lo que estaba haciendo? Unos minutos más y habría permitido que él le hiciera el amor allí mismo, en el suelo. Le habría suplicado que terminara lo que había empezado. Un temblor le recorrió todo el cuerpo.

Nathan le agarró la mandíbula con suavidad.

–Riya, mírame.

Ella se apartó de él y se puso de pie. Entonces, comenzó a colocarse la ropa y a atusarse el cabello. Cuando Nathan se acercó a ella, se apartó de él y se dirigió hacia la puerta.

–Espera, Riya. Solo quiero asegurarme de que te encuentras bien.

Ella negó con la cabeza. Se sentía frustrada y asustada a la vez.

–Necesitaba ese golpe porque resulta evidente que he perdido el sentido común. Tú me has arrebatado mi empresa, quieres quedarte con el único lugar que ha sido un hogar para mí. Cuando empiezas a besarme, yo no te detengo. Me has hecho golpearme la cabeza contra el suelo y ahora me duele a rabiar... Me parece que solo eres capaz de causarme dolor, por lo que debería sentir miedo. Al menos, debería odiarte. ¿Por qué diablos no siento ninguna de las dos cosas?

–No lo sé... –dijo él. Parecía gustarle haber escuchado esas palabras.

–No tiene ninguna gracia –repuso ella. Entonces, al ver que Nathan estaba tratando de no reírse, ella misma soltó una sonora carcajada.

Los dos empezaron a reírse. Antes de que Riya pudiera recuperar la compostura, volvió a encontrarse en los brazos de Nathan.

–Calla... Riya... Estás en estado de shock...

Cálida piel masculina, firmes músculos, suave piel... Nathan resultaba irresistible. Sin embargo, a pesar de todo, le resultaba muy agradable sentirse abrazada por él, reírse con él, estar en una situación íntima y excitante a su lado.

No obstante, se apartó de él y se limpió la boca con la manga.

–¿Te importaría ponerte algo?

Nathan la miró con extrañeza y se puso una sudadera. Riya aprovechó ese momento para dirigirse hacia la puerta, pero él no tardó en alcanzarla.

–Te has dado un golpe muy fuerte. Mira si tienes un chichón.

–Estoy bien...

No estaba bien. Aquello no estaba bien. Solo tres semanas en compañía de Nathan habían bastado para que estuviera dispuesta a olvidarse de todo lo que había aprendido, a olvidarse del dolor que causaban las relaciones y de las dudas que dejaban cuando terminaban.

Lo que había entre ellos no era más que un desafío para Nathan. Podía besarla, empezar una relación y luego alejarse de ella como si nada mientras que Riya se veía inmersa en una espiral de ira y autocompasión. Se preguntaría eternamente por qué resultaba tan fácil alejarse de ella.

–No te vas a marchar hasta que yo me asegure de que estás bien. Si no lo miras tú, tendré que hacerlo yo.

Y te aseguro que, si empiezo, no me detendré solo en la cabeza...

Al ver que daba un paso hacia ella, Riya se apartó.

—Sí. Tengo un pequeño chichón –dijo tras tocarse la cabeza. La exclamación de pena que él lanzó al escucharla hizo que Riya recordara que Nathan había estado a punto de desmayarse–. ¿Y tú? Pensaba que te ibas a caer al suelo. ¿Estás bien tú? ¿No deberías ser tú el que fuera a ver al médico?

Las sombras cubrieron los ojos de Nathan. En ese momento, Riya supo que no iba a decirle la verdad.

—Creo que me excedí un poco con el ejercicio. Estoy bien. ¿Por qué viniste aquí?

—He oído que te marchabas para Abu Dhabi. No voy a permitir que te marches sin ver a Robert.

—¿Cómo has dicho? –le preguntó él tras colocarse las manos en las caderas.

—Lo que has oído. He venido a recordarte que ya llevamos así casi tres semanas y que aún no has ido a ver a Robert. Dijiste...

—Que Dios asista al hombre que se enrede contigo –gruñó él. Entonces, sacudió la cabeza con resignación–. Está bien. Iré a verlo mañana. Ahora, cállate y siéntate.

Agarró su teléfono móvil y pidió un médico y su chófer.

—No necesito...

—El médico o yo, Riya.

—El médico –dijo ella. Se sentó en el sofá.

Riya trató de no observarle, pero, de reojo, vio que anotaba algo en una pequeña libreta y que consultaba una cinta que llevaba alrededor de la muñeca. Cuando comenzó a secarse el rostro con una toalla, ella apartó la mirada.

Se había fijado en los poderosos músculos y en la pequeña marca de nacimiento que tenía en la parte interna del brazo. En vez de quitarle las ganas, el hecho de que él estuviera sudando la excitaba aún más y la llenaba con un anhelo insoportable. Nathan parecía saber que le gustaba que él tomara el control, que la volviera loca de deseo, que le gustara entregarse a él en cuerpo y mente y que confiara en él como jamás había confiado en nadie.

Riya se sentía expuesta, indefensa. Lo único que quería era salir huyendo. Lejos de él y de sí misma.

Nathan le entregó una botella de agua y se sentó a su lado. Riya se levantó inmediatamente, pero él la obligó a sentarse de nuevo. Ella se colocó lo más alejada de él que le fue posible. Tenía la respiración entrecortada. El pánico se había apoderado de ella.

—Esto no puede pasar, Nathan. Lo de tú y yo.

—No puedes controlar todo lo que pasa en la vida, Riya. Yo tampoco quiero que esto ocurra, pero he aprendido que las cosas no pueden ser siempre como uno quiere.

—No digas eso... No te limites a aceptar... esto...

—¿Y qué quieres que haga? ¿Que agite una varita mágica y haga que todo desaparezca? La única solución que se me ocurre es darnos a los dos lo que tan desesperadamente deseamos. Tal vez deberíamos hacerlo para que, a partir de ese momento, todo estuviera mucho más claro.

—Probablemente ese sea tu modo de actuar. Seducir a una mujer, decirle adiós y marcharte como si nada. Apartarla de tu vida si ella no acepta tu decisión. Como hiciste con Sonia. Sin embargo, yo voy a caer. No tienes corazón. Eres la última clase de hombre al que yo debería besar, desear o...

La furia se reflejó en los ojos de Nathan.

—¿Te está ayudando eso? Si mi presencia te está afectando tanto, ¿por qué demonios no me das mi finca? Me marcharé esta misma noche.

–No. No puedo.

–Maldita sea, Riya. Ni eres responsable de Jackie y Robert ni de ninguna otra persona. ¿Cuántos años tenías cuando murió mi madre? ¿Doce, trece?

–Robert se arrepiente de sus errores. Lo sé. Nos dio a Jackie y a mí un hogar cuando no teníamos ningún sitio al que ir. Siempre ha sido amable conmigo. Me dio refugio, seguridad, comida. Me trató como a una hija cuando mi propio padre ni siquiera se molestó. No me ha llamado en diez años.

–¿Dónde está tu padre?

–¿Y cómo diablos quieres que lo sepa? Jamás ha preguntado por mí ni se ha molestado por saber cómo estaba Jackie en todos estos años. Se divorció de ella porque era emocionalmente volátil y le permitió que se quedara conmigo. Dejó que su esposa volátil se ocupara de una niña de ocho años. A pesar de su débil naturaleza, Jackie al menos se ocupó de mí a su manera. Eso es más de lo que puedo decir de...

–No te hizo ningún favor, Riya. Era su responsabilidad. Y te falló en eso. Te expuso a sus temores, al odio de los empleados de la finca. ¿No ves los efectos que eso ha tenido en ti?

–Mi vida está perfectamente, muchas gracias. Y mi vida profesional mucho mejor, gracias a ti. Trabajar contigo ha sido una experiencia maravillosa. Me encanta tu energía y el modo en el que haces las cosas. Si Travelogue puede...

–Desde esta mañana, Travelogue cuenta con una inversión de diez millones de dólares por parte de RunAway International. He pedido a mis abogados que preparen los papeles.

Travelogue era parte de RunAway International Group, la empresa líder en la oferta de vuelos, vacaciones, viajes de aventura a través de tierras lejanas... Su pequeña empresa. Riya se quedó sin palabras.

–Te doblaré el suelo que ganas ahora y tendrás también acciones en RunAway. He empezado a buscar un nuevo director gerente y lo habremos encontrado para cuando yo me marche.

Iba a marcharse. Eso era precisamente lo que ella había querido. Lo que necesitaba. Ese era el trato. Entonces, ¿por qué le hacía tanto daño? ¿Qué había cambiado en tan solo tres semanas?

Riya trató de ocultar su confusión y forzó una sonrisa. Acababa de darle las gracias cuando el médico llamó a la puerta.

Mientras el médico la examinaba y también durante el trayecto de vuelta a la finca, Riya no podía comprender por qué de repente no le resultaba suficiente haber alcanzado el objetivo que se había marcado ni tampoco haber alcanzado la libertad económica que siempre había deseado.

Nathan no se parecía en nada a ningún otro hombre que hubiera conocido nunca. Todas sus reglas, sus miedos y sus inseguridades se desmoronaban cuando estaba junto a él. Nathan le hacía querer conocerlo a un nivel más íntimo. Le hacía desear abandonar sus propias reglas y anhelar un vínculo que llevaba negándose mucho tiempo.

Con él nada importaba. Ni el dolor del pasado, ni el miedo por el futuro. Solo el presente. No podía dejar que aquello continuara.

Nathan no tenía ni idea del tiempo que estuvo mirando la puerta cerrada después de que Riya se marchara. El silencio de su suite le ponía de los nervios. La veía mirara por donde mirara.

Riendo, discutiendo, besando, gimiendo, mirando... La deseaba con una necesidad descontrolada que cruzaba todos los límites. Tras haber sentido lo que se experimentaba encima de ella, todo su ser lo empujaba a poseerla. Quería mostrarla lo bueno y salvaje que podía ser lo que existiera entre ellos. Ansiaba hacerla admitir que sentía algo por él.

¿Por qué no?

Los dos estaban libres. Los dos eran adultos. Ella lo deseaba. No había duda.

No.

¿Cómo podía empezar una relación con ella sabiendo lo que Riya buscaba en la vida aunque estuviera completamente decidida a ocultarlo? ¿Cómo podía tocarla sabiendo que, cuando llegara el momento de marcharse, ella no podría aceptarlo?

Ni siquiera había podido recuperarse del abandono de su padre, de la negligencia de su madre. Ni siquiera la aceptación y el cariño de Robert habían sido suficientes para borrar el dolor de sus ojos.

Se estaba escondiendo de la vida, matándose a trabajar por su empresa y por la finca, cuidando y haciéndose responsable de adultos que deberían haber cuidado de ella.

Había arriesgado mucho tan solo para ver sonreír a Robert. Era una mujer leal, cariñosa y fuerte. Exactamente la clase de mujer que podría sumirle en el más oscuro de sus miedos si él se lo permitía. Sin embargo, del mismo modo, ¿cómo se suponía que iba a poder marcharse sin robar una parte de Riya para sí mismo?

Capítulo 7

NATHAN estaba por fin en la sala en la que había evitado pensar durante tantos años, tratando de sobreponerse a los recuerdos que lo atacaban. La sala había sido una de las habitaciones favoritas de la finca. Gruesas alfombras persas que habían sido el orgullo de su madre cubrían el suelo. El olor a los libros y el cuero antiguo lo transportaba al pasado rápidamente, dejando libres recuerdos que había olvidado por el odio y el miedo. Experimentó sentimientos que no quería sentir.

Allí se habían divertido los tres. Habían pasado numerosas veladas junto al fuego, riendo, leyendo o jugando. Habían sido los mejores años de su vida, años de alegría y felicidad, antes de que las ausencias en los partidos de fútbol y las visitas al hospital se hubieran convertido en la norma. Antes del miedo.

¿Había empezado todo cuando se desmayó y estuvo a punto de morir en un partido de fútbol? ¿Cuando su madre comenzó a empeorar poco a poco? ¿O tal vez cuando su padre comenzó su aventura con Jackie?

¿Acaso importaba ya?

–Hola, Nate –dijo su padre suavemente antes de cerrar la puerta a sus espaldas.

A pesar de saber todos los detalles de la enfermedad de su padre a través de María, Nathan no estaba preparado para el impacto que le produjo la apariencia de su padre. Por mucho que se decía que no le importaba, descubrió que no podía fingir que la fragilidad de su padre no le importaba.

Su mirada azul parecía diluida, asfixiada por las profundas ojeras. Su cuerpo, que siempre había sido fuerte y ágil, parecía estar consumido. El miedo se apoderó de Nate.

No quería sentir nada por su padre. Maldijo a Riya por haberle obligado a hacer aquello.

—Me alegro de verte, Nate. Riya me ha contado muchas cosas sobre ti y me ha explicado lo poderoso y exitoso que eres. Me siento muy orgulloso de ti.

Nathan se limitó a asentir. No podía hablar. Decidió que tenía que recuperar el control. Para hacerlo, tenía que recordar cosas que prefería olvidar, sucesos que lo habían alejado de aquella casa y que lo habían empujado a vivir en solitario su vida.

—No finjamos que esto es algo que no es. Se trata tan solo del miedo y del arrepentimiento de un hombre cuando ve que la muerte está cerca, papá.

Su padre se encogió, como si hubiera recibido un golpe. Los cansados ojos se le llenaron de lágrimas.

—Lo siento mucho, Nathan. Siento que sintieras que no podías quedarte aquí cuando ella se fue.

Nathan no podía soportar aquella avalancha de miedo y amor.

—Me resultó muy duro perderla de ese modo, muy duro ver cómo mi propio destino se reflejaba en su muerte. Sin embargo, enterarme de que estabas con esa mujer... ¿Te imaginas lo que debió de sentir ella?

—Cometí un error, Nate. Un error muy grave. No podía soportar ver cómo ella iba apagándose. Dejé que el miedo me empujara hacia Jackie. Estaba tan avergonzado de mí mismo. Y tu madre... Se lo dije y ella me perdonó, Nate.

—No te creo —replicó él atónito.

Se dejó caer sobre el sofá y enterró el rostro entre las manos. Sintió un fuerte dolor en la garganta al tratar de respirar. Las palabras de su padre le habían hecho pensar. Jacqueline Spear era todo lo que su madre no fue en el último año de su vida: vivaz, llena de vida, un salvavidas para un hombre que se estaba ahogando. Él había dado por sentado que su padre se lo había hecho a su madre. ¿Y si había sido al revés? ¿Y si ver que su esposa perdía las ganas de vivir empujó a su padre hacia Jackie? Seguía siendo la peor de las traiciones, pero ¿acaso no sabía Nathan de primera mano lo que el miedo era capaz de hacer?

Su padre se acercó a él.

—No te culpo por no creerme. Todos estos años me he arrepentido de muchas cosas y la peor fue que mi cobardía te alejó de mí. He deseado muchas veces haber sido más fuerte por ti.

—Si tanto lo sentías, ¿por qué las trajiste a esta casa? ¿No te parece que eso fue un insulto a la memoria de mamá?

—Lo que hice fue horrible, tanto que, después de eso, ni siquiera pude mirar a Jackie durante años y mucho menos casarme con ella. Ella fue mi mayor error, pero no podía hacer nada que hiciera daño a Riya. No podía darle la espalda a una niña que necesitaba que alguien la cuidara. Jackie... seguía sufriendo por la separación de su marido. El miedo nos unió. Nos hizo entendernos el uno al otro. Riya me hizo pensar en lo que yo debería haber sido para ti. Me dio la oportunidad de rectificar el error que cometí.

Nathan asintió. Algo bueno había surgido de tantas

mentiras y tanta traición. Conocía al hombre que era capaz de querer a la hija de otra persona. Ese era el hombre que él recordaba, el padre que había conocido antes de que todo se estropeara.

–¿Por eso le cediste la finca?

–No sabía qué te había pasado a ti. No tenía modo alguno de ponerme en contacto contigo. Cuando pensé que me iba a morir... pensé que lo mejor sería que todo esto fuera de ella. Riya adora esta casa, igual que lo hizo Anna. Todo lo que toca florece. Jackie y Riya me dieron una razón para vivir después de haberlo perdido todo. Pensé que lo adecuado era que esta casa fuera para ella.

–No. Puede tener todo el dinero que quiera, pero esta casa es mía. Si tienes algún poder sobre ella, pídele que deje que de jugar conmigo y que me la venda.

Su padre frunció el ceño.

–¿De qué estás hablando?

–Le he pedido que me la venda y la condición que ella me ha puesto era venir a verte. Que me quede dos meses aquí.

–Oh...

Su padre se dejó caer en el sofá. Nathan se acercó inmediatamente.

–¿Qué te pasa? ¿Te encuentras mal?

–No. Yo... Terminé siendo otra persona que se apoyaba demasiado en ella. Cuando me dijo que habías regresado, le dije que hiciera todo lo que pudiera para que te quedaras. Dime que te quedarás para la boda, Nate.

Nathan no quería escuchar la esperanza en la voz de su padre. Luchó contra el sentimiento del deber que lo había empujado sin piedad durante todos aquellos años. Su padre lo había necesitado tanto como Nathan lo había necesitado a él.

Sin embargo, él no había estado solo. Sintió una enorme gratitud por todo lo que Riya había hecho por su padre. Cuanto más trataba de hacer lo que debía y mantenerse alejado de la tentación, más profundamente formaba ella parte de su vida.

Levantó la cabeza y miró a su padre.

–Ya había decidido quedarme para la boda.

Su padre sonrió. Agarró la mano de Nate y la estrechó lleno de alegría.

–Me alegro tanto... ¿Volverás a vivir en la casa? A Anna le habría...

Nathan negó con la cabeza.

Le habría gustado aceptar, le habría gustado permitir que su padre volviera a formar parte de su vida, que la soledad que lo corroía por dentro cesara.

La finca era el único lugar que significaba algo para él, pero también era el sitio que le recordaría siempre que estaba en la cuenta atrás, que le recordaría que su hermosa madre se había convertido en una sombra por el miedo. Su actitud había alejado a Robert de su lado y había llenado a Nathan de miedo por su propia vida. Anna había permitido que su problema de corazón le fuera quitando la vida. El miedo le había arrebatado la felicidad, la alegría de vivir hasta que la muerte llamó a sus puertas.

Robert le apretó el hombro con la mano.

–Has conseguido muchas cosas –susurró–. No te convertirás...

Nathan tragó saliva. Se sorprendió de lo perfectamente que seguía entendiéndole su padre incluso sin palabras.

–No. No lo haré. Y por eso no puedo quedarme.

–Soy lo suficientemente fuerte para enfrentarme a cualquier cosa, Nate. Jamás...

Nathan agarró las manos de su padre y sonrió. Entonces, la imagen del rostro de Riya se le apareció de repente.

–No sé si yo lo soy.

Igual que aceptaba sus propias limitaciones, Nathan aceptó también que Riya era peligrosa para él como ninguna otra mujer lo había sido antes. Ya le había hecho romper muchas de sus reglas. Estaba demasiado implicado en su bienestar, en su vida.

No podía arriesgar más.

Jamás podría sentir por alguien de tal modo que el miedo de verse separado de ella lo acompañara siempre. No podía permitir que ninguna mujer lo redujera a eso.

Durante la semana siguiente, Nathan fue todas las tardes a ver a su padre. Como si estuviera decidido a crear recuerdos para su hijo, Robert insistía en que no estaba demasiado débil como para salir de la finca. Y a Nathan le gustaba darle el gusto.

Si no hubiera sido por Riya, las veladas habrían sido los momentos más tranquilos que había conocido en mucho tiempo. Sin embargo, cada tarde, notaba que las ganas de verla lo atenazaban. Y, cada tarde, se enteraba de que ella había salido a hacer un recado y que estaría fuera durante su visita. En las dos ocasiones que Nathan fue a Travelogue, ella tampoco estaba.

Una noche, recorrió incluso el jardín entero y la propia casa para ver si Riya había conseguido que su padre y los empleados del hogar le mintieran. ¿Cómo era posible que ella siempre estuviera fuera cuando él iba de visita?

Tardó una semana en comprender que ella le estaba evitando. Faltaban tres semanas para la boda. Lleno de ira, Nathan comprendió que ella tenía la intención de evitarle hasta aquel día.

Este hecho debería haberle alegrado. No fue así.

No hacía más que pensar en ella. Una día, cuando estaba trabajando en el hotel, en su ático, se la imaginó sobre el suelo, retorciéndose de placer debajo de él, con los ojos llenos de excitación y las piernas sujetándole con fuerza la cintura.

Pronunció su nombre como si fuera una lánguida caricia y golpeó con fuerza la mesa de cristal. Entonces, miró el reloj. Eran las doce del mediodía del sábado. En menos de media hora, debería estar en su avión rumbo a Abu Dhabi para pasar allí el fin de semana.

Riya lo sabía. Encendió su teléfono móvil y llamó a su manager virtual para pedirle que cancelara todos los planes que tenía para aquel día.

La encontró en el jardín trasero de la finca, arrodillada en la tierra y podando los rosales que alineaban el camino que conducía al cenador.

Llevaba puesta una camiseta blanca, que se le ceñía al cuerpo y que resaltaba su bronceada piel. Tenía el largo cabello recogido en una coleta de la que se le habían escapado algunos mechones.

Nathan tragó saliva al ver la sensual imagen que ella representaba. Su reacción fue primitiva, instantánea. Se le secó la boca y sintió que toda la sangre se le acumulaba en un único lugar. Se aclaró la garganta y consiguió que ella levantara la mirada. Una gota de sudor se le deslizó por el cuello para ir a desaparecer por el escote de la camiseta.

Nathan quería tocarla, quería poseerla allí mismo. Quería sentir cómo se le aceleraban los latidos del corazón al hundirse dentro de ella para llevarlos a ambos más allá de los límites del placer.

–Me has estado evitado –le dijo.

–He estado muy ocupada con los preparativos de la boda. Jackie lleva tanto tiempo esperando y está tan nerviosa que prácticamente no hace nada. Robert está muy contento de que estés aquí. Por lo tanto, hay muchas cosas que hacer.

–Entonces, ¿por qué no me has pedido ayuda? –le preguntó. Con cierta desilusión, se dio cuenta de que ella ni siquiera lo había pensado–. ¿De verdad crees que esconderse es la solución? ¿Te vas a esconder también el día de la boda? ¿Te vas a esconder de todo lo que amenace tus malditas reglas? Un día, cuando tengas cien años y estés completamente sola, te darás cuenta de que no has vivido ni un solo momento de tu vida.

Ella lo miró boquiabierta. Parecía que Nathan había dado en el centro del más profundo de sus temores. Una increíble satisfacción se apoderó de él.

–Fuera de aquí, Nathan. Esta finca aún no es tuya. Podría hacer que colgara encima de tu cabeza tal y como tú hiciste con mi empresa.

Nathan se echó a reír y se acercó a ella.

–Te estás volviendo muy imprudente, mariposa.

–Tal vez. Tal vez esté cansada de que me des órdenes. He bailado al son que me has tocado por mi empresa, por Robert. Ahora la situación es diferente. Aléjate de mí. Si no...

–¿Si no qué? Tú también estarás sola en la boda...

–Eso no es cierto. Es cierto que mi plan necesitaba una modificación y fuiste tú precisamente el que hizo que me diera cuenta. He encontrado a alguien que me gusta mucho, alguien que hace mucho tiempo que conozco. Incluso tengo una cita con él esta noche.

Nathan la agarró y tiró de ella hasta que las narices de ambos estuvieron a punto de tocarse.

–¿Con quién?

–¿Te acuerdas de José, el hijo de María? Es un hombre estable, agradable y del que una mujer se puede fiar.

Nathan apretó los dientes y la soltó. Los celos le abrasaban. Pensar que José pudiera besar aquella jugosa boca, que José pudiera hacerle el amor, que pudiera contar con su lealtad para siempre...

–No. Estás con él porque crees que él jamás te dejará. Estás utilizándolo, pero él se dará cuenta un día que no es nada más que algo seguro para ti. Comprenderá que la razón por la que lo elegiste es que crees que él jamás te dejará y se enfadará contigo. Te odiará.

Riya cayó al suelo con el miedo reflejado en los ojos.

–No necesito que un hombre que ha sido capaz de apartar de su vida a su mejor amiga me dé consejos. Ahora, si me perdonas, tengo una cita para la que prepararme.

Nathan observó cómo Riya se marchaba. La sangre le ardía en las venas.

Se dijo que ella no le interesaba. Que simplemente no podía mantenerse al margen y permitir que ella cometiera un error colosal y que siguiera desperdiciando su vida. Si dependiera de ella, jamás abandonaría aquella finca, jamás dejaría a su madre y a Robert y jamás experimentaría nada nuevo.

Llamó rápidamente a su asistente personal y luego regresó a la casa con la intención de encontrar a la mujer que se iba a casar con su padre.

Llevaba diez años odiándola y unas semanas evitándola. Sin embargo, había llegado el momento de hablar con Jackie. Ya iba siendo hora de que alguien pensara en Riya.

Capítulo 8

DOS días más tarde, Riya estaba rebuscando en un armario, tratando de encontrar un vestido beis que se compró en una pequeña boutique de diseño en San Francisco. Era perfecto para el lanzamiento de la expansión de Travelogue.

Le había pedido a José que la acompañara después de la velada más larga de toda su vida. No era culpa de José que no hiciera más que pensar en Nathan. Al final, José le había dado un cariñoso beso en la mejilla y, con un cierto brillo en los ojos, le había dicho que, aunque se sentía muy halagado de que Riya quisiera que hubiera algo entre ellos, no había nada.

Oyó que alguien llamaba a la puerta y se dio la vuelta. Jackie estaba en el umbral. Tenía una expresión aterrada en el rostro.

El miedo se apoderó de Riya.

—Jackie, ¿qué pasa? ¿Es Robert?

—No. Robert está bien —susurró ella mientras pasaba a la habitación y se retorcía las manos.

—¿Qué es lo que pasa? —insistió Riya.

—Te he estado mintiendo —dijo con voz temblorosa.

—¿Sobre qué?

—Sobre tu padre.

—¿Qué quieres decir con eso? —le preguntó Riya atónita.

—Él no te abandonó, Riya. Las cosas habían empezado a ir mal para nosotros como pareja, pero él y yo tratamos de solucionarlo todo por ti. Nada servía. Éramos demasiado diferentes. Una noche, él me dijo que estaba pensando regresar a la India. Yo no sabía si él hablaba en serio, pero me entró el pánico. Si te llevaba con él, yo te perdería para siempre. Por eso, cuando él se marchó a una de sus conferencias, yo salí huyendo contigo. Lo siento mucho, Riya. Jamás tuve la intención de que se tratara de algo permanente. No hacía más que decirme que me volvería a poner en contacto con él. Sin embargo, entonces comprendí lo que había hecho y tuve tanto miedo de que él jamás me dejara volver a verte...

Jackie comenzó a llorar y cayó de rodillas sobre el suelo. Entonces, Riya escuchó la carcajada histérica que salió de su boca como si no formara parte de ella. Su padre no había renunciado a ella. No la había abandonado. La verdad en la que había basado su vida era una gran mentira.

—Me arruinaste la vida, mamá. Durante todos estos años, me has hecho creer que él no me quería.

—Lo siento, Riya. No podía soportar que me separaran de ti. Cada vez que pensaba decírtelo, tenía miedo de que me odiaras...

—Tú, tú, tú... Solo piensas en ti. Esa ha sido la historia de mi vida. Tenías miedo de estar sola, por lo que saliste huyendo. Tenías miedo de que te odiara, por lo que me ocultaste la verdad durante tantos años.

Jackie le agarró las manos, pero Riya se apartó de ella.

—Eso no es cierto... Sé... sé que debes de odiarme, pero lo hice tan solo porque tenía miedo. Yo... por favor, Riya. Tienes que creerme.

—Fuera —susurró ella—. Ni siquiera quiero mirarte. No

quiero escuchar ni una sola palabra más de lo que tengas que decir.

Jackie la miró durante un instante antes de marcharse.

Riya se desmoronó en el suelo. Estaba temblando. Sin embargo, le parecía que su corazón estaba envuelto en hielo. ¿Por qué ni siquiera era capaz de derramar una lágrima?

Todo lo que había creído durante muchos años era una mentira. Había permitido que el hecho de que su padre la hubiera abandonado marcara todos los aspectos de su vida. Había construido un muro para que nadie volviera a hacerle daño.

«Eres una cobarde, Riya».

Nathan había estado en lo cierto. Ella llevaba toda la vida escondiéndose. Incluso había tenido razón en lo de su cita con José, algo que el propio José había comprendido.

La ira y la vergüenza se apoderaron de ella.

No volvería a esconderse jamás de la vida.

El lanzamiento de la expansión de Travelogue se iba a celebrar en los elegantes salones del lujoso hotel en el que Nathan se alojaba.

Él se metió las manos en los bolsillos y miró a todos los asistentes. Sonrió. Lo había elegido todo a lo grande. El equipo de Travelogue lo había sorprendido con su dedicación y creatividad.

Un camarero le ofreció champán, pero él lo rechazó. Jamás se había dejado llevar por la anticipación, pero llevaba un rato buscando a Riya. Había puesto algo en movimiento, algo que ya no se podía parar. El hecho de que Jackie no le hubiera contado a Riya más que mentiras lo había animado. ¿No le había ayudado ella a darse cuenta de la verdad? Jamás había creído que pudiera perdonar a su padre y no lo había hecho, pero al menos comprendía lo ocurrido. Simplemente, estaba devolviéndole a Riya el favor. Nadie había cuidado nunca de ella. Toda su vida se había construido sobre una mentira. Había llegado el momento de que eso cambiara.

Se mesó el cabello y miró hacia la pista de baile. De repente, se quedó atónito.

Ella estaba bailando, contoneándose con la música. No se parecía en nada a la Riya que él había conocido hasta entonces.

El vestido rojo, el cabello, los zapatos de tacón de aguja... Aquella imagen transmitía una única palabra: sexo.

El vestido no tenía tirantes. Sujetaba y levantaba sus pechos para hacerlos destacar. La piel le relucía bajo las brillantes luces, que provocaban sombras sobre su hermoso rostro. El vestido se le ceñía en la cintura y terminaba varios centímetros por encima de las rodillas, dejando al descubierto escandalosamente los muslos.

El vestido era tan corto que él se preguntó si...

Como si ella hubiera escuchado la licenciosa pregunta de Nathan y quisiera responder, Riya se dio la vuelta. Nathan tragó saliva.

Llevaba la espalda prácticamente desnuda. Tan solo una tira de tela le cubría el trasero. Al ver que Nathan la estaba mirando, sonrió y siguió contoneándose.

Él sintió que se le secaba la boca y el deseo lo atacaba por todas partes.

El cabello de Riya, su gloriosa y lustrosa melena, iba recogido en una trenza que descansaba sobre uno de sus senos. No llevaba joyas y, al contrario de lo que solía hacer, iba muy maquillada. El rojo carmín que pintaba sus labios tenía el mismo tono del vestido y hacía que su boca resultara aún más atrayente.

De repente, Nathan sintió un calor insoportable. La firme erección no tardó en producirse al ver cómo ella se lamía los labios con gesto provocador. Parecía que la mariposa había salido por fin de su capullo. Que Dios ayudara a la población masculina.

¿De dónde había salido aquella mujer? ¿Cómo era posible que hubiera estado escondiendo tanta sensualidad?

Justo entonces, ella giró la cabeza y cruzó su mirada con la de Nathan. A pesar de la distancia que los separaba, algo restalló entre ellos. Como un autómata, Nathan se abrió paso a través de los invitados para llegar hasta ella.

Sus miradas no se separaron en ningún momento. Por primera vez desde que ella entró en el despacho aquella mañana, hacía ya varias semanas, Nathan vio un desafío en la mirada de Riya.

Se acercó a ella rápidamente y la agarró justo cuando ella se giraba al ritmo de una lánguida música de jazz. Los senos se apretaron contra el torso de Nathan y le obligaron a contener la respiración. Consciente de que estaba atrayendo una atención no deseada de personas con las que tendría que trabajar, Nathan le golpeó suavemente la mejilla con un dedo.

—Riya... Riya... Mírame.

Ella lo miró y Nathan respiró aliviado. Solo estaba un poco bebida. De repente, el asombro y la vergüenza se reflejaron en sus hermosos ojos castaños.

—Hola, guapo...

Nathan no supo si reírse o colocársela encima del hombro para sacarla de allí.

—Esta demostración en público no es propia de ti, Riya.

–Ni siquiera yo sé lo que se supone que soy –dijo ella con voz triste–, pero bueno, no seas un aguafiestas, Nathan. Quiero hacer algo que no he hecho nunca antes de que el alcohol se evapore de mi cabeza.

–¿Y de qué se trata exactamente?

–Vivir la noche. Y tú... tú me estás estorbando para poder divertirme.

Aquello no iba nada bien. No era lo que él había estado esperando.

Entonces, una voz en el interior de su cabeza se burló de él. «¿No? ¿De verdad no es esto lo que has estado buscando desde el principio?».

¿Acaso no había deseado que ella se librara de sus ataduras? ¿Que se comportara de un modo imprudente y salvaje? ¿Que se diera cuenta de lo que era verdaderamente vivir?

Apretó los dientes y apartó las preguntas. Ya era demasiado tarde para arrepentirse o para sentirse culpable.

Le rodeó la cintura con un brazo y la sacó de la pista de baile.

–Esto no es lo que quieres, Riya.

–¿Y cómo sabes tú lo que quiero yo, señor Ramírez? –le espetó ella al oído.

Ella le tocó el lóbulo de la oreja con la lengua. Aquella ligera caricia hizo que todo su cuerpo ardiera de deseo. Sin soltarle la cintura, le colocó un dedo debajo de la barbilla y la hizo levantar la cara.

–Claro que lo sé, Riya. Con cegadora claridad. Y sé también porque estaría mal tomar lo que tanto deseo.

Los hermosos ojos almendrados de Riya lo miraron con asombro. Ella debería dar un paso atrás. Volver a ocultarse bajo su dura armadura, como siempre hacía. En aquella ocasión no lo hizo. Nathan sintió que algo se desataba dentro de él.

Los largos y delicados dedos comenzaron a acariciarle la mandíbula, volviéndolo loco. Con la punta del índice, ella le trazó el labio inferior, provocándole un escalofrío por la espalda.

–¿Sabes una cosa? Tienes el labio inferior más sensual que he visto en un hombre. El superior es el malo, el que declara al mundo que eres un hombre sin corazón. Sin embargo, el inferior te traiciona, Nate. Muestra que, en el fondo, eres amable y deja en evidencia tu lado menos canalla. ¿Por qué estás tan empeñado en mantener a raya a todo el mundo?

–Dime lo que ha pasado...

–¿Te refieres al porqué estoy viviendo por fin la vida como debería hacerlo una mujer de veintitrés años? ¿A por qué me estoy divirtiendo?

–Te llevaré a casa –dijo él dándole la vuelta.

–No –afirmó ella, a pesar de que su equilibrio era precario–. No quiero ver a Jackie. Ni siquiera puedo soportar estar junto a ella –añadió con una amargura que dejó atónito a Nathan–. La odio. No sabía que fuera posible odiar tanto a una persona.

Nathan la contempló con incredulidad y suspiró.

–Riya, no eres tú en estos momentos. Deja que te lleve de vuelta a casa –insistió.

Riya se zafó de él y dio un paso atrás.

–Si no te importa, prefiero que me dejes aquí, pero no pienso regresar a la finca. Siempre me he cuidado sola, ¿lo sabías? –dijo mientras se agarraba a una columna–. Estoy segura de que podré hacerlo esta noche. ¿Qué es lo peor que me podría ocurrir? Que me cayera y me diera un golpe en el trasero. ¿Y lo mejor? Que me marchara de aquí con un desconocido como hacen todas las chicas de veintitrés años.

Esas palabras arañaron a Nathan como si fueran afiladas garras.

Las imágenes que dibujaban, en las que veía a Riya desnuda con un desconocido, fueron suficientes para hacerlo reaccionar. Agarró la muñeca de Riya y la condujo al ascensor. Sentía que todo se había magnificado, como si todo estuviera conduciendo al momento en el que la tuviera en su suite, vestida de aquel modo, mientras el autocontrol de él caía al suelo hecho pedazos.

Hizo un último intento por recuperar la cordura. Por hacer lo que debía.

—En cuanto haga que te tomes un poco de café, te llevaré a casa.

Riya soltó una carcajada.

—¿A casa? Yo ya no tengo casa, Nathan. La finca te pertenece a ti. Yo no tengo nada ni nadie.

—Riya, no tiene que ser así... Comprendo que estés enojada. Comprendo lo que se siente cuando alguien que debería haber cuidado de ti te ha traicionado, cuando alguien a quien...

—¿De verdad? Ella me mintió sobre mi padre. Prácticamente me secuestró. Todo lo que he creído siempre sobre mí misma es una mentira. Yo creía que él me había abandonado, que no me quería. Jamás le perdonaré esto a Jackie. Ella me robó mi infancia y me convirtió en la cobarde que se esconde de la vida. Nadie se ha preocupado nunca de mi felicidad. Ni ella ni mi padre. Si lo hubiera hecho, sabiendo que Jackie es emocionalmente muy inestable, ¿la habría amenazado con apartarme de su lado?

¿Qué era lo que había hecho? Jamás había sido la intención de Nathan que ella sufriera de aquel modo ni que se sintiera tan sola. Él mismo comprendía perfectamente lo que se sentía.

–Calla, Riya... Ya está bien. Mírame, mariposa...

Cuando ella lo miró, la profundidad del sentimiento que Nathan experimentó le aterrorizó.

–Todo esto pasará, Riya. Créeme... Deja que te lleve a casa y...

–Por favor, no me apartes de tu lado, Nathan. Mañana volveré a ser la de antes. Volveré a ser fuerte. Mañana puede que incluso consiga perdonar a mi madre. Esta noche, quiero ser egoísta. Esta noche, quiero que todo sea tal y como yo deseo...

¿Qué podía Nathan decir al respecto?

Sentía una terrible culpabilidad en el pecho. Lo único que ella había buscado era que Robert sonriera. Él... él no le había causado más que sufrimiento. ¿La razón? Que había deseado algo que no podía tener.

Capítulo 9

R IYA rodeó el cuello de Nathan con los brazos y se estrechó contra su cuerpo. La calidez que emanaba de él hacía que no deseara separarse de él. Como si presintiera lo que ella deseaba, Nathan la tomó en brazos al llegar al ático. No se detuvo en el salón. Llegó hasta el dormitorio y, allí, se sentó en un sillón con ella sobre el regazo.

¿Cómo era posible que ella jamás hubiera sabido lo agradable que era que la abrazaran de ese modo, que la adoraran como si fuera algo muy valioso? ¿Cuántas cosas más se había perdido al estar encerrada en su mundo? Había levantado un muro alrededor de su corazón y no había disfrutado de muchas cosas que otras mujeres de su edad sí habían tenido. El muro que había construido la había aprisionado de tal modo que aquella verdad lo había hecho pedazos.

Riya abrió los ojos y su mirada se cruzó con la de Nathan. La tensión latente que había entre ellos volvió a cobrar vida.

—¿Por qué te has puesto este vestido? ¿Por qué has bebido? ¿Por qué has elegido este camino para demostrar tu ira?

—No recuerdo el momento en el que decidí que ningún hombre volvería a hacerme daño tal y como me lo había hecho mi padre ni cuándo pensé que viviría la vida en este estado. Quería demostrarme a mí misma que ella no había conseguido arruinar mi vida para siempre con sus mentiras.

–¿Y?

Ella volvió a apoyar la cabeza sobre el hombro de Nathan y suspiró.

–No es tan fácil. Resulta difícil cambiar una vida entera de ir por el camino bueno, controlando los deseos que se podrían considerar peligrosos, que pudieran provocar dolor –comentó ella con tristeza–. Estaba bailando y había bebido un poco, pero me di cuenta de que no me resultaba tan fácil cambiar por dentro. No puedo dejar de hacer de repente algo que llevo años haciendo.

–No. No es tan sencillo. Hacen falta años para derrotar esa clase de condicionamiento, años para que una persona pueda conquistar sus miedos. Y no hace falta mucho para que vuelvan a aparecer –dijo él. Su voz parecía tensa, casi resignada.

¿Cómo era posible que Nathan la comprendiera tan bien?

–¿Qué te parece si empiezas paso a paso? –le sugirió él.

Riya sonrió y asintió. No se podía creer que Nathan, que había provocado tantas tensiones en su vida, de repente fuera su más firme apoyo. Él solo vivía para la emoción, para la diversión, para el momento. ¿Quién podía ser mejor que él para demostrarle lo que se había estado perdiendo? ¿Quién mejor para iniciarla a la vida que un hombre que jamás la podía afectar de ningún otro modo?

Con Nathan, no habría expectativas ni desilusiones. Cuando llegara el momento de marcharse, él lo haría y ese hecho no tendría nada que ver con ella. Allí estaba la red que le daría seguridad.

Un fuerte deseo se apoderó de ella. Riya le deslizó

un dedo por la nuca y apretó los labios contra el pulso que le latía a él en el cuello.

—¿Es un beso un paso lo suficientemente pequeño, Nate?

Inmediatamente, él se tensó. Le acarició la delicada mandíbula y, entonces, le apartó el rostro del cuello con un firme movimiento. Sin embargo, el deseo que ella sentía era indomable. Le agarró la muñeca con la mano y comenzó a besarle la parte interna. Después, hizo lo mismo con la palma de la mano.

—Esta va a ser tu noche de suerte —susurró, no sin dificultad. Tuvo que armarse de valor. No quería que él supiera lo grande que le venía a ella aquella situación.

—¿Mi noche de suerte? —repitió él tras agarrarle con fuerza la nuca.

Parecía que el rostro de Nathan estaba esculpido de piedra, aunque los ojos le ardían de deseo. Aquella noche no había escarcha ni hielo. Nathan era fuego y pasión y ella quería disfrutar de ese fuego. Quería perderse en él.

—No hagas promesas que puede que no vayas a cumplir, mariposa.

Riya se irguió sobre él, obligándole a acariciarla. Estaba completamente decidida.

—Si no puedes, no pasa nada, Nathan. Nadie quiere que un hombre esté con ella por pena...

Nathan le agarró el cabello y acercó la boca de Riya a la suya.

—Estás haciendo esto por las razones equivocadas, Riya...

Ella se sintió gloriosamente viva y se inclinó para besarle la comisura de la boca. El roce de la barba le frotó los labios. El deseo le recorrió todo el cuerpo, incinerándola por dentro de un modo que jamás había co-

nocido. Volvió a hacerlo. Una y otra vez, como si fuera
una gata que se frotaba sobre su superficie favorita,
hasta que los labios y las mejillas le escocían de un
modo delicioso, hasta que consiguió que él emitiera
un primitivo sonido.

Por fin, se atrevió a besarle en los labios.

—Estoy haciendo esto por la única razón por la que
debería hacerse.

—¿Y es?

—Por lo agradable que resulta, Nate —susurró ella. Se
colocó mejor para poder acercarse más íntimamente a
él y sentir la evidencia de su erección—. Desde el minuto
en el que entraste en mi vida... ha sido como una fiebre
—añadió. Le agarró una mano y se la puso sobre su pecho—. Entre tanta mentira y confusión, esto es lo único
que es firme y estable. Hazme el amor, Nate. Quiero hacer todo lo que siempre me he dicho que no sentiría.

Riya no esperó a que él se lo negara. Se dejó llevar,
esperando que él la siguiera. Lo besó con toda la pasión
que sentía.

Cuando la boca de Riya tocó la suya, Nathan contuvo
el aliento. No había dudas en sus movimientos, en sus
besos ni en sus caricias. Nadie lo había seducido nunca
tan completamente. Nadie se había siquiera acercado.

Riya era una explosión. Una revelación. Bajo aquella pasión sincera, se desató. El honor no podía compe-
tir con el deseo líquido que se había apoderado de él.
Tenía que darle a ella lo que quería y permitirse a sí
mismo lo que tanto había estado deseando.

Cuando ella le acarició el labio inferior con la lengua, con gesto tentativo pero enloquecedor, Nathan ya
no pudo seguir siendo un espectador pasivo.

Le agarró la mandíbula y le atrapó el labio inferior con los dientes. Riya se echó a temblar y gimió de placer. Los dos comenzaron a chupar, mordisquear, a entrelazar las lenguas con un deseo inigualable. Los pasados y los futuros quedaron atrás. Solo el presente importaba.

Nathan le hundió las manos en el cabello y tiró de él hasta que consiguió que ella lo mirara. Riya tenía el rostro arrebolado y los labios henchidos por los besos. Sus hermosos ojos castaños ardían de deseo. Ella lo miraba sin parpadear, sin esconderse. Sus besos le habían dicho a Nathan que no tenía mucha experiencia, pero la sensualidad con la que respondía le dijo que estaba a punto de enzarzarse en una batalla que ya tenía perdida. Una derrota que no le molestaba en absoluto.

Cuando Riya pensara en él, Nathan quería que lo hiciera con una sonrisa y un suspiro de placer.

Se inclinó sobre ella y le mordió el labio inferior. Ella gimió, por lo que inmediatamente él sopló para aliviarle el dolor.

—Esto no significa nada para mí a excepción de que te deseo con una locura que no conoce razón —le dijo. No quería que ella tuviera dudas. Si Riya prefería parar, él se levantaría para ir a darse una ducha fría—. Me marcharé cuando llegue la hora, mariposa. Si quieres parar, hazlo ahora. Nos olvidaremos de lo ocurrido. Tú puedes dormir en la cama y yo en el sofá.

Riya dudó durante un instante y luego sonrió.

—Enamorarme, poner en peligro mis sentimientos... Eso nunca va a ser fácil para mí. Contigo... jamás podría enamorarme. En realidad, somos de lo peor el uno para el otro, ¿no te parece? Sin embargo, eso hace que esto sea más fácil. Hace que una noche contigo sea lo único que quiero que sea.

La sinceridad de Riya le escoció un poco, pero Nathan apartó rápidamente aquel sentimiento. Una noche para satisfacer aquel anhelo desesperado. Era lo único que se podían permitir.

Nathan comenzó a besarle la muñeca y le lamió delicadamente la vena que allí le latía. Fue subiendo poco a poco por el brazo, trazando un sendero de besos sobre la gloriosa piel de Riya. Notó que ella se echaba a temblar.

−¿Te escandalizaría si te dijera todas las maneras en las que he pensado poseerte?

Siguió lamiéndole la piel hasta llegar al cuello, haciendo que ella temblara. Entonces, comenzó a chupar con fuerza. Riya temblaba de deseo. Siguió haciéndolo hasta que ella comenzó a jadear y a moverse incesantemente entre sus brazos, frotándole los senos contra el torso. La erección que él tenía era muy firme. El modo en el que ella había respondido amenazaba con hacerle perder el control.

Se refrenó para no levantarle el vestido y poseerla allí mismo. Decidió que iba a disfrutar. Se dejaría llevar, pero sin perder el control.

Riya se echó a reír y se apartó el cabello del hombro. Se sonrojó y se tocó suavemente el lugar donde él le había dejado una marca.

−Me duele...

Nathan la levantó y murmuró una disculpa. Entonces, ella le besó con una ardiente pasión que lo dejó atónito.

−Pero solo de la mejor de las maneras −añadió cuando él la dejó respirar−. Quiero más...

Él la llevó hasta la cama y la tumbó sobre ella. Entonces, se quitó la americana y la corbata. Después, frunció el ceño y la miró.

—Desabróchate, Riya.

Ella se arrodilló sobre el colchón y agarró la crema-llera del vestido. Los dedos le temblaban, pero se la bajó muy lentamente. Nate la observaba ávidamente. Por fin, el vestido se soltó. Él ardía en deseos de verle los pechos, las largas piernas, cada centímetro de su piel sin nada que lo ocultara...

—¿Podemos apagar la luz, Nathan?

—No. Esas camisitas y esos pantalones tan recatados me han estado volviendo loco —dijo. Al ver que ella se-guía dudando, paró de desabrocharse la camisa—. En ese caso, tú tampoco me puedes ver a mí.

Esas palabras provocaron una reacción en ella. Le-vantó la barbilla y se bajó el vestido. Cuando se lo quitó, lo arrojó al suelo. Nathan sintió que el corazón le latía con fuerza. Por una vez, se olvidó de la preocupa-ción por el mal funcionamiento de aquel órgano.

Hombros esbeltos, redondos senos cubiertos por un sujetador sin tirantes, el firme vientre, las delicadas ca-deras, la entrepierna...

Si el corazón se le paraba en aquel momento, Nathan no tendría miedo alguno ni se arrepentiría de nada. Tan solo deseaba poseer a la mujer que tenía frente a sí en aquellos momentos. Esa sensación le gustó. Le hacía sentirse vivo.

Riya jamás había entendido el jaleo que todo el mundo montaba con el sexo ni que empujara a la gente a tomar decisiones poco acertadas.

Hasta aquel momento.

Ni siquiera se habían desnudado por completo, pero el modo en el que Nathan la miraba la habría empujado a hacer cualquier locura.

La suave tela del sujetador le rozaba los pezones y el tanga, que había sido un mal necesario para aquel vestido, de repente le resultó molesto. Le hacía sentir con fuerza el deseo que le ardía entre las piernas y que la abrasaba un poco más cada vez que él la miraba.

Estaba tan húmeda y tenía tanto calor allí... Las dos cosas provocaban sensaciones por todo su cuerpo.

Sin dejar de mirarla, Nathan terminó de desabrocharse la camisa y se la quitó. Tenía una piel bronceada y reluciente, un suave vello que le cubría ligeramente unos imponentes pectorales que descendían de unos anchos hombros para transformarse en un firme vientre sobre el que la línea del vello descendía hasta más allá del ombligo. Era tan masculino...

Aquella noche, era todo suyo y podía hacer lo que quisiera con él.

Con un firme movimiento, Nathan se desabrochó los pantalones y se los quitó. A continuación, hizo lo mismo con los calzoncillos.

Riya se lamió los labios al verlo completamente desnudo. El corazón le latía incesantemente. El sexo le vibraba. Cuando él se acercó, Riya levantó la mano ansiosa por tocarle allí, por aprender todo sobre él.

–No quiero que me toques tú, ¿está claro?

–¿Por qué no? –preguntó ella frunciendo el ceño.

Nathan no respondió. La hizo tumbarse sobre la cama y se colocó encima de ella de un modo posesivo, reclamándola para sí.

Riya se dejó llevar por las sensaciones. Nathan pesaba mucho. Su cuerpo era firme y cálido, pero no le permitía que se moviera. La tenía abrazada, levantándola hacia él, apretándola con fuerza. Riya deseaba tocarle, se moría por sentir cómo aquellos músculos se tensaban bajo sus dedos, pero él no se lo permitía. No le dejaba más que sentir el asalto de sus dedos, de su boca y de su lengua.

La besó hasta que Riya se quedó sin respiración. Entonces, comenzó a jugar con su cabello al tiempo que empezaba a deslizar la boca por el valle que había entre sus senos. El deseo se apoderó de ella, poniéndole erectos los pezones para que él se los introdujera en la boca y los chupara. Riya se mordió los labios, agarrando con fuerza las sábanas con los dedos y moviéndose contra él.

—Nate, por favor... déjame tocarte... déjame moverme o...

—No.

Se erguía sobre ella como un dios. Cada centímetro de su rostro parecía estar tallado en piedra. Él también estaba jadeando. Riya se dio cuenta del tremendo control que estaba ejerciendo sobre sí mismo para refrenar su deseo. Cómo, incluso en aquel momento, en realidad no estaba con ella. Sin embargo, antes de que el pensamiento pudiera arraigar en ella, Nathan le lamió un pezón e hizo que ella volviera a perder toda coherencia.

—¿Quieres que pare, mariposa? —susurró él, sin dejar de chupar el ávido pezón.

—No...

Con la mano, Nathan comenzó a estimularle el otro pezón sin dejar de chuparle el primero. Riya pataleaba sobre la cama, tratando de conseguir que él le permitiera moverse. Ante aquel ataque, ella comenzó a retorcerse, a gemir de placer. Un pulso frenético comenzó a latirle en el sexo.

—Me estaba preguntando...

—¿Qué? —dijo ella a duras penas.

—Los pezones...

Se levantó de encima de ella y se colocó de costado.

Con una pierna sujetaba las de ella y con el brazo la sujetaba con fuerza contra su cuerpo. Bajó la cabeza y comenzó a chupar de nuevo el erecto pezón, haciendo que ella se arqueara de placer.

Las enormes manos de Nathan le negaban la fricción que ella tanto necesitaba. Riya estaba dispuesta a suplicar.

–Me preguntaba de qué color serían... y he acertado. Son como el chocolate...

Al ver el modo en el que él la miraba, Riya sintió que la timidez se apoderaba de ella. La situación era tan íntima... Aquel momento era lo que había estado evitando toda su vida: estar desnuda con un hombre, expuesta a su mirada. Aquel era el mayor riesgo que había corrido en toda su vida.

Durante un instante, se arrepintió de lo que había provocado. Se preguntó cómo podría enfrentarse a él el día siguiente... Entonces, él le devoró la boca con un beso que la dejó sin aliento.

–¿Te encuentras bien, mariposa?

Ella asintió. No se sorprendió de que él supiera que le pasaba algo. Jamás había conocido a nadie que la comprendiera tan bien. Le agarró el brazo y le dio un beso en el bíceps, para luego deslizar la lengua sobre la marca de nacimiento que tanto le había fascinado.

–Sigues pensando y no voy a tolerarlo, Riya –dijo. Comenzó de nuevo a viajar por su cuerpo, deslizando la lengua sobre su piel.

Detuvo la boca sobre el tanga, arrastrando la cinturilla con los dientes.

–Me estás volviendo loco y quiero que a ti te pase lo mismo –susurró. Casi parecía enfadado.

Ella no podía hacer nada más que acariciarle el cabello. Al sentir que él le tiraba del tanga para tensárselo sobre el clítoris, gimió desesperadamente. Nathan tiró varias veces y luego comenzó a explorar con los dedos.

Riya movía desesperadamente las caderas. Le clavó las uñas en los hombros al mismo ritmo que él torturaba el punto en el que ella más ansiaba que la tocara. Le deslizó las uñas por la espalda cuando él le introdujo un dedo y luego otro en la húmeda calidez de su sexo. Riya gemía desesperadamente.

–Nathan...

La invasión de los dedos, la incesante presión del pulgar, la creciente presión... Todo ello la estaba volviendo completamente loca y la hacía gritar de placer.

–Mírate... Eres la mujer más salvaje que he visto en mi vida...

Nathan le colocó la cabeza entre las piernas y comenzó a lamer el tenso montículo que había estado acariciando. El contacto produjo el mismo efecto que el de acercar una chispa a una tormenta.

–Déjate llevar, mariposa...

Sin previo aviso, aspiró. Riya, entre gritos y movimientos desesperados, se corrió sobre los dedos de Nathan en medio de un remolino de exquisitas sensaciones. Entre sollozos, trató de juntar las rodillas, pero él se lo impidió dado que aún tenía los dedos dentro de ella. Siguió con la presión para que los temblores de placer prosiguieran hasta que ella no fuera nada más que un torbellino de sensaciones y de placer.

A medida que las sensaciones fueron pasando, ella consiguió abrir los ojos y vio el orgullo masculino reflejado en el rostro de Nathan. Le había gustado mucho lo que había visto. Volvió a besarla con posesión y deseo...

–Eres una gritona, Riya...

Ella se sobrepuso a la timidez que sentía al pensar

en lo que él había visto y le dio un beso en·el torso. Si se paraba a pensar, se detendría definitivamente. Y no quería que así fuera. Lo quería todo.

Deslizó los dedos por el firme vientre y un poco más allá. Agarró por fin la firme columna de masculinidad y tocó la suave punta con el pulgar. Oyó que él emitía un sonido gutural. Un sentimiento muy poderoso explotó dentro de Riya. El miembro era grande y duro. El deseo de volver a empezar en ella mientras lo acariciaba.

Cuanto más gemía él, más rápido se movía ella. Nathan movía con fuerza las caderas al tiempo que susurraba las palabras más sucias que ella había escuchado nunca. Poseída por la renovada urgencia de su propio cuerpo, siguió moviendo la mano arriba y abajo. Nathan le mordió un hombro. El sudor le cubría la piel. Todos sus músculos estaban en tensión, tanto que ella se preguntó si estallaría en mil pedazos.

Se reclinó un poco y comenzó a besarle el vientre, lamiendo, saboreando, gozando con los temblores que atenazaban su cuerpo. Cuando llegó al miembro, los dedos de él le agarraron con fuerza el cabello y la detuvieron.

–Déjate llevar, Nathan –susurró.

–Esta noche es para ti, Riya –musitó él.

Riya jamás había visto sus ojos tan oscuros. Estaba a punto de perder el control.

–No. Esta noche es lo que yo quiera –le espetó ella.

No le dejó elección. Comenzó a lamerle de arriba abajo. Luego, lo rodeó con los labios y aspiró. Su propio sexo se cubrió de un renovado y húmedo calor. No sentía vergüenza alguna, tan solo el glorioso sentimiento de verse viva. Lo miró mientras le lamía la punta.

Antes de que ella pudiera parpadear, se vio de espaldas sobre la cama. Nathan se le había colocado entre las piernas.

—Ya está bien...

Sin pudor alguno, observó cómo él se ponía un preservativo. A ella ni siquiera se le había pasado por la cabeza utilizar protección. Inmediatamente, notó cómo la punta del sexo de él se colocaba contra la entrada a su cuerpo. Lo miró a los ojos y esperó. Lo deseaba todo en aquel momento.

Al principio, él la penetró lentamente. Las manos de Nathan la mantenían inmóvil, tal y como él quería. Volvió a besarla mientras le levantaba las caderas para colocarla en la postura idónea. Entonces, se hundió en ella profundamente, con un único movimiento.

Riya echó la cabeza hacia atrás y contuvo la respiración al notar el escozor de la potente intrusión. Su cuerpo se tensó. Agarró los hombros de Nathan y sintió que él se tensaba también, pero de satisfacción. Tenía la mirada perdida. Entonces, parpadeó como si estuviera tratando de recuperar el control. En ese momento, su aspecto era salvaje, como si fuera un volcán de sentimientos y necesidades. La armadura tras la que se protegía fue cayendo poco a poco por el ardor que había entre ellos.

—Riya, me vas a matar... —susurró con voz grave.

En vez de sentir dolor o miedo, Riya se sintió victoriosa. Aquel Nathan que dejaba expresar sus necesidades y sus pasiones era el verdadero.

Él ocultó el rostro en el cuello de Riya y respiró profundamente.

—Eres virgen...

No podía pensar en nada más que en la necesidad que lo atenazaba, una necesidad que reclamaba liberación. Iba a estallar si no se movía. Para ser un hombre que aborrecía el sexo solo por la liberación que suponía, la necesidad de hundirse en ella hasta que él fuera lo único que Riya sintiera lo estaba ahogando.

¿Qué había hecho? ¿Cómo era posible que no se hubiera dado cuenta hasta aquel momento? De algún modo, encontró un gramo de autocontrol y levantó la cabeza.

Riya lo estaba mirando. Tenía el rostro empapado de sudor. Él apretó los puños para no sentir la necesidad de tocarla.

–¿Quieres que pare? Deberías haberme advertido... haberme hecho ir más despacio...

–¿Lo habrías hecho de un modo diferente si así lo hubiera hecho? ¿Me habría escocido menos? ¿Hay una manera sin dolor de desflorar a una mujer que tú habrías utilizado conmigo?

–No... Pero me habría resistido más...

–En ese caso, me alegro de no haberlo hecho... –comentó ella algo molesta.

–Maldita sea, Riya... no es que no...

–Solo es un himen, Nate.

–Si has esperado tanto tiempo, es porque querías que fuera especial.

–He esperado tanto tiempo porque era como la Bella Durmiente. En mi caso, yo no dormía, sino que no funcionaba. ¿No es mejor hacerlo con alguien que conozco que con un desconocido? ¿Con alguien en quien confío? Eres el más indicado para mí, Nate. Ahora, depende de ti que yo no me haya equivocado.

Riya movió ligeramente las caderas y Nathan sintió que las paredes se tensaban alrededor de su sexo, creando una agradable fricción que empezó a volverlo loco.

–Por favor, Nate, te lo juro... No me enamoraré de ti. Haz algo. Quiero...

La súplica que escuchó en las palabras de Riya lo volvió loco. Ella no hacía más que acariciarle los muslos y moverse debajo de él.

—Deja de hacer eso.

En aquella ocasión, Riya hizo rotar las caderas. Las de Nathan respondieron instintivamente. Se retiró un poco para volver a hundirse en ella. El placer se apoderó de él.

—¿Cómo sabes hacer eso?

Ella sonrió y le guiñó un ojo. Entonces, arqueó la espalda y levantó los hermosos senos. Nathan se sintió moviéndose un poco más dentro de ella. Ya nada estaba bajo su control. Ni la situación, ni su cuerpo ni su corazón.

Riya le deslizó las manos por la espalda hasta colocárselas en el trasero. Allí, le clavó las uñas como si ya no pudiera esperar más.

—Creo que se me va a dar muy bien esto —bromeó—. ¡Qué tonta por haber esperado tanto tiempo... ahhh!

Aquel comentario terminó con el autocontrol de Nathan. Levantó las caderas de Riya y se hundió profundamente en ella. Repitió una y otra vez, hasta que pensó que se iba a morir del placer que se le estaba acumulando en las venas, hasta que escuchó cómo ella gritaba su nombre. Sin embargo, Riya no apartó la mirada ni le permitió a él que lo hiciera. Nathan se preguntó quién controlaba la situación, a pesar de que era él quien marcaba el ritmo.

El corazón le latía a toda velocidad a medida que las sensaciones crecían y se apoderaban de él. Deseaba que ella lo acompañara. La quería tan salvaje como ella lo estaba volviendo a él. En la última embestida, se inclinó para tomarle un pezón entre los dientes. Y Riya explotó.

Mientras alcanzaba el clímax, Nathan siguió moviéndose dentro de ella. Los temblores que ella estaba experimentando acicateaban su deseo. Su propio clímax no tardó en llegar, haciéndolo estallar en un millón de astillas de placer y de sensaciones. Nada más.

Sintió que había llegado su hora. El corazón le latía con fuerza y él sonrió con gesto desafiante.

Riya aún seguía temblando debajo de Nate y él la estaba aplastando con su peso. Quería apartarse, pero ella se lo impedía. Estaba agarrada a él con fuerza, inmovilizándolo.

—Soy demasiado pesado para ti. Suéltame.

Ella ocultó el rostro contra el torso de él y sus músculos se tensaron bajo el tierno beso.

—Puedo respirar. Un momento... por favor, Nate...

Durante unos minutos, que parecieron más bien una eternidad, Nate le enmarcó el rostro entre las manos y la besó delicadamente escuchando el murmullo de su corazón...

Entonces, muy lentamente, el placer fue diluyéndose. La respiración de Nathan recuperó la normalidad y el remordimiento ocupó su lugar. Sintió que ella le besaba la frente y que le abrazaba con fuerza.

Encontró que sus brazos hacían lo mismo. Que la estrechaban contra su cuerpo para poder decirle íntimamente lo explosiva y salvaje que había sido. Para decirle que el sexo jamás había sido algo tan personal para él.

—Nate...

Escuchar que ella le susurraba su nombre contra el oído supuso para él una intimidad que hizo que se endureciera de nuevo en su interior.

—¿Sí?

—¿Es siempre así?

No. No siempre era así. De hecho, jamás había sido así antes para él.

–Con la pareja adecuada, podría serlo –le dijo mirándola a los ojos.

–Oh... –musitó ella mientras le acariciaba suavemente la espalda.

–Y tenías razón. Se te da bastante bien. Tu modo de responder es explosivo y cualquier hombre...

Al pensar en Riya con otro hombre sintió náuseas.

Sintió un pánico repentino y se apartó de ella. Se levantó de la cama y fue al cuarto de baño sin mirar atrás. Entonces, abrió el grifo de la ducha y se metió debajo.

Jamás había disfrutado de la intimidad de abrazar a su amante o de dormir con ella en la cama. Jamás había querido hacerlo, si era sincero. En ese primer año después de que se marchara de casa, lo único que había hecho era tomar, como si el mundo entero fuera para su disfrute personal y todo fuera un premio para él.

Despertarse con una mujer cuyo nombre ni siquiera recordaba, dentro de un ciclo interminable de buscar consuelo y huida de sus miedos y de su destino le había provocado que, un día, se levantara con la amargura llenándole la boca.

Por fin se dio cuenta de que, al final de todo, la verdad no había cambiado nunca. No le había hecho más fuerte, más inteligente o más sano. Solo había conseguido que se sintiera asqueado consigo mismo. Se había dado cuenta de que aquella manera de comportamiento estaba acicateada por el miedo. Por lo tanto, se había puesto reglas a sí mismo.

No implicarse nunca. Nunca. El sexo tenía que ser impersonal.

Por su trabajo y sus constantes viajes, le había resultado fácil mantener esas premisas. Jamás había tenido novia. Jamás había tenido una primera cita o una segunda cita. Jamás había invitado a una mujer a cenar.

Nunca antes había abrazado o consolado a una mujer tal y como lo había hecho aquella noche. Jamás había permitido que unos minutos de su vida tuvieran que ver con nadie más que consigo mismo. Jamás había permitido que nadie fuera un poco más allá.

En aquellos momentos, su interior rugía con una salvaje intensidad. Rugía contra un destino desconocido. Golpeó los puños contra los azulejos de la ducha y agachó la cabeza derrotado mientras el agua le caía por encima.

Un anhelo como el que jamás había conocido nunca le estalló en su interior y se extendió por su cuerpo como un virus imparable. Se echó a temblar a pesar del agua caliente.

La razón era que quería regresar al dormitorio. Quería abrazar a Riya, besarla, decirle que lo que habían compartido era especial. Lo sabía de corazón. Quería decirle que se alegraba de que ella hubiera confiado en él por primera vez y de que, a pesar de todo el dolor con el que había tenido que vivir, hubiera sido tan valiente.

Quería decirle que el hecho de pensar que ella pudiera compartir su cuerpo con otro hombre le hería profundamente y hacía que se sintiera furioso.

Sin embargo, si lo hacía, todo resultaría más difícil para ambos. Haría que el resto de su estancia resultara incómoda. Jamás había permitido que nadie se le acercara en toda su vida, y no tenía intención alguna de empezar en aquellos momentos. Aunque Riya fuera la mujer más extraordinaria que hubiera conocido nunca.

Él se había marchado.

Riya abrió los ojos y tocó las sábanas vacías a su

lado. Entonces, volvió a cerrar los ojos. Trató de aislarse del dolor que le producía aquel rechazo. Se tapó con las sábanas y se acurrucó sobre sí misma.

Se tocó los labios y los encontró hinchados. Los brazos le temblaban y sentía los muslos como si hubiera corrido un maratón. El cuerpo le dolía por las profundas embestidas. Tenía en las caderas las pruebas de la pérdida de control de Nathan, de su pasión: unas marcas rosas que señalaban el lugar en el que él había clavado los dedos.

Nathan había perdido el control al final. Se había desatado tanto como ella.

Miró hacia el pasillo a través del que había desaparecido con el cuerpo irradiando tensión.

Resultaba evidente que ella había infringido alguna regla que desconocía.

¿Había sido el beso, el modo en el que se había aferrado a él, o la pregunta que le había hecho al final? Sabía que él no aceptaba sentimientos.

Fuera lo que fuera, hecho estaba. En cierto modo, se alegraba de haberle enojado. Así se había quedado sola para enfrentarse a lo que había hecho y poder pensar en lo que sentía cuando estaba con él.

Se dio cuenta de que nada podría arrebatarle el momento, la belleza de lo que había experimentado. No iba a lamentarlo. No iba a arruinarlo.

Habían sido las mejores horas de su vida, los momentos en los que se había sentido más viva. Desgraciadamente, todo había terminado.

Se dejó disfrutar unos segundos más del momento. Enterró el rostro en la almohada y aspiró el aroma de Nathan. Se imaginó que seguía allí, estrechándola contra su cuerpo, envolviéndola con aquellos fuertes brazos y salvándola de su destino.

Aquello no era un rechazo. Y, aunque lo fuera, no le importaba en absoluto.

Bajo la ducha, Nathan tardó solo unos instantes en darse cuenta de lo cruel que había sido. Podría haberle dicho una palabra amable sin tener por ello que romper sus reglas. Podría haberse asegurado que ella se encontraba bien.

Por el amor de Dios, había sido su primera vez. ¿Cuándo se había convertido en un canalla tan desconsiderado? Lo único que ella había hecho era realizar una sencilla pregunta.

Se envolvió con una toalla y regresó al dormitorio. Al encontrar la cama vacía, se sintió como si le hubieran dado un puñetazo en el estómago. Fue a mirar al salón y regresó de nuevo al dormitorio. Su vestido, su bolso y sus sandalias ya no estaban. Riya se había marchado.

Su teléfono comenzó a sonar y él lo recogió con un rugido. Lo desbloqueó, sin saber muy bien de dónde salía tanta ira.

—Jamás te pedí que te marcharas —dijo.

Se produjo un breve silencio antes de que ella se aclarara la garganta.

—Lo sé, pero me pareció que era lo mejor. Te llamo para decirte que me he encontrado con tu chófer y que él me lleva a casa.

Otro silencio por parte de Nathan. No había acusación en el tono de su voz. Y, sin embargo, eso le molestaba.

—¿Nathan?

—Riya, lo siento... Debería...

—Gracias, Nate —dijo ella interrumpiéndole. No había sarcasmo ni burla en su voz. Tan solo verdadera gratitud—. Por todo lo de esta noche.

–Vaya, Riya. No tienes que darme las gracias por el sexo. No soy un...

¿Qué? ¿Qué era lo que él no era? ¿Qué era él en realidad? ¿Qué estaba haciendo con ella?

Riya soltó una carcajada. Al escucharla, el estado de ánimo de Nathan empeoró aún más. ¿De verdad había sido tan sencillo para ella?

–Gracias por estar a mi lado esta noche, por tu amabilidad. Nadie ha hecho nunca eso por mí. Nadie ha hecho que yo sea lo importante. Eso era lo que quería decir antes. Yo... yo siempre recordaré lo ocurrido esta noche. Y el sexo.

A Nathan le daba la sensación de que Riya se estaba esforzando demasiado para sonar despreocupada.

–... fue más de lo que habría imaginado. Jamás pensé que podría resultar algo tan hermoso... Así que gracias también por eso.

Nathan no podía pronunciar palabra. No se merecía ni una sola de las palabras de Riya. No se la merecía a ella.

–Buenas noches, Nathan.

Colgó sin esperar a que él dijera nada. El rostro de Riya desapareció de la pantalla del móvil y Nathan apretó los dientes. La furia le recorría por dentro.

Lanzó el teléfono móvil hacia el otro lado de la habitación. Sentía una gran tensión en el pecho. Se sentó en la cama e, inmediatamente, notó el aroma de Riya. Escondió el rostro entre las manos, completamente desesperado.

Tenía un nudo en la garganta que no había vuelto a experimentar desde que su madre le habló de su enfermedad. Era autocompasión. Miedo. Así era como se sentía cuando perdía el control.

Con una maldición, tragó saliva.

No.

Riya no podía hacer algo así. Ninguna mujer podía hacer que él volviera a ser el niño de antaño. Ninguna mujer podía sacar tantos sentimientos de él.

Con la crueldad que le había permitido sobrevivir sin miedo, con la resolución que lo había convertido en multimillonario, se la sacó del pensamiento. Se vistió y pidió café. Llamó al servicio de habitaciones para que cambiaran las sábanas.

No quería nada que le recordara a ella ni lo que habían compartido. Tampoco podía pensar en lo mucho que le gustaría repetir la noche o en lo mucho que deseaba volver a tenerla entre sus brazos para quedarse dormido...

Ella le hacía pensar en Nate Keys, el muchacho que tanto miedo había tenido por sí mismo, que quería amar y vivir, que quería ser invencible. Sin embargo, eso era imposible.

Encendió el ordenador y volvió a ser el hombre que se había enseñado a ser.

Nathaniel Ramírez, multimillonario, superviviente y solitario.

Capítulo 10

A LO LARGO de las siguientes dos semanas, Riya se centró en los preparativos para la boda con un rigor que la dejó sin tiempo para pensar. Entre sus nuevas responsabilidades en Travelogue y la boda, por no mencionar el hecho de evitar a su propia madre aunque vivían en la misma casa, resultaba milagroso que ella lo estuviera haciendo tan bien.

Le gustaba que así fuera. Sus días resultaban muy ajetreados y, cuando se metía en la cama por las noches, se sentía tan agotada que se quedaba inmediatamente dormida.

Tan solo pensaba en Nathan cuando realizaba alguna tarea de poca importancia para la boda. Había tratado de evitar pensar en él, pero verle todos los días no le ayudaba en su empeño. Después de un tiempo, había terminado por rendirse.

–¿Estás bien? –le había preguntado él el lunes siguiente en el trabajo.

–Sí, claro –había respondido. Se sintió muy contenta de que su voz hubiera sonado tan firme.

Él le había metido un mechón de cabello detrás de la oreja y le había acariciado la mejilla durante un instante. El corazón de Riya había tronado en su pecho, deseando que él no apartara la mano. Sin embargo, aquel gesto no había tenido nada que ver con la pasión

o la atracción, sino más bien con el afecto, con la co-
modidad...

Preparar su mente había sido una cosa. Otra muy
distinta había sido hacer lo mismo con el cuerpo. Cada
vez que lo veía, en el trabajo o en la casa, dado que él
iba casa vez con más frecuencia para ver a Robert, Riya
no podía evitar recordar la noche que habían compartido. Su única noche de placer. Su única noche de libertad de sí misma. También la más vergonzante y humillante.

Humillante porque él no parecía estar teniendo el
mismo problema. Era el mismo de siempre. Nathan ciertamente tenía un corazón de piedra. Vergonzante porque los recuerdos de aquella noche la acechaban constantemente, en cualquier situación. El sabor de su sudor
y de su piel, la aterciopelada firmeza de sus movimientos dentro del cuerpo de Riya, sus íntimas caricias... No
podía mirarle sin dejar de pensar en lo que ella le había
permitido hacerle. Se sentía completamente fascinada
por él. Se fijaba en todos los detalles. En cómo se mordía el labio inferior cuando estaba pensando, en cómo
se colocaba la mano sobre el pecho y fruncía el ceño...

Echaba profundamente de menos al hombre que ella
había conocido. Su energía en el trabajo, sus bromas...
Desgraciadamente, uno de ellos, o tal vez los dos, habían erigido un muro de cortesía. Trabajaban muy bien
juntos, pero se habían convertido en unos desconocidos.

Tras haber finalizado el menú una vez más en el sitio
web del restaurante, Riya cerró el ordenador.

–Riya, quiero hablar contigo –le dijo su madre.

Riya negó con la cabeza y se levantó de la silla.

–No tengo nada que decirte.

–Entonces, ¿por qué te estás tomando tantas molestias por la boda?

–Por Robert. Haría cualquier cosa por él.

Jackie hizo un gesto de dolor. Riya sintió remordimientos, lo que le sorprendió profundamente, pero menos que el hecho de que su madre se viera también afectada por todo lo que ella le decía.

Cuando trató de marcharse, Jackie se lo impidió bloqueándole la salida.

–Lo sabía. Supe desde el momento en el que él entró en la finca que lo iba a estropear todo.

–¿De qué estás hablando?

–Nathan. Él está haciendo esto. Robert no puede parar de hablar de él. Quiere que nos marchemos de aquí sin quejarnos. Dice que no nos podemos casar aquí porque Nathan no lo desea. Cuando se me ocurrió protestar, él me levantó la voz. En lo único que puede pensar es en Nathan...

–Robert creía que no volvería a verlo. ¿No te puedes alegrar por él? ¿Por los dos?

Riya se sentía muy feliz, aunque, en cierto modo, algo envidiosa también. La luz que le iluminaba los ojos cuando hablaba de Nathan la entristecía.

–Tú eres muy fuerte, Riya. No todo el mundo es tan... autosuficiente. Yo tomé una mala decisión, pero eso no significa que no te quiera. No puedes renunciar a la finca solo porque...

–¿Estás de broma?

–Te estoy diciendo la verdad. Eso es lo que quieres hoy en día, ¿no? Amo a Robert. Sí, me entra el pánico cuando él se enfada conmigo, igual que me pasó cuando pensé que tu padre te arrancaría de mi lado.

–Solo porque Nathan haya vuelto no significa que él no te ame. No creo que las cosas funcionen así.

–¿No? Mira cómo ha conseguido ponerte en mi contra. Durante años, hemos sido un fuerte apoyo la una para la otra. Ahora, semanas después de que haya regresado, ni siquiera eres capaz de mirarme a la cara.

—Tú nunca fuiste un apoyo para mí. Yo lo era para ti. Nada más. Te apoyabas en mí cuando no debería haber sido así. Si disfruté un poco de mi infancia, fue por Robert. Y, durante unas pocas horas, he sabido lo que es estar viva gracias a Nathan. Así que, perdóname si...

—¿Unas pocas horas? ¿De qué estás hablando?

—No es asunto tuyo.

Jackie la miró horrorizada y la zarandeó.

—Te has acostado con él, ¿verdad? Riya, ¿cómo has podido ser tan estúpida?

—¿Cómo me puede decir eso la mujer que se enamoró de un hombre casado? —le espetó Riya. Odiaba a Jackie.

—Al menos, Robert sigue conmigo después de tantos años. Nathan se marchará sin mirar atrás. Él no es el hombre adecuado para ti.

Riya sabía que su madre tenía razón. Nathan se marcharía, pero se negaba a pensar al respecto.

—Esto no tiene nada que ver con la finca, contigo o con Robert. Solo nos concierne a Nathan y a mí. A nadie más. Por muy difícil que te resulte aceptarlo, tengo una vida y voy a disfrutarla por encima de ti. Me voy a marchar después de la boda —anunció.

Había estado pensando al respecto, pero ya no tenía dudas.

Había hecho ademán de marcharse cuando Jackie soltó una carcajada. La compasión que transmitía impidió a Riya moverse.

—Ahora veo por qué insistió. Lo había planeado desde el principio. Y tú te has lanzado directamente a sus brazos.

—¿De qué estás hablando?

–De Nathan. Fue él el que insistió que te dijera lo de tu padre. Te manipuló para que te metieras en su casa, Riya. No le importas nada.

El deseo de abofetear a su madre era tan fuerte que Riya se metió las manos en los bolsillos para no hacerlo.

–No... Él no me ha manipulado. Jamás podría hacerlo –susurró–. No planeó nada. No quería nada más que yo supiera que estaba desperdiciando mi vida. Es la primera persona que ha pensado en mí, que se ha preocupado lo suficiente para animarme a hacer algo con mi vida.

Su madre jamás lo entendería. No era que odiara a Jackie, pero se había dado cuenta de que tenía una vida más allá de Jackie, más allá de su padre, de Robert y de la finca.

En cierto modo, sabía que debía sentirse enojada con Nathan, pero no podía hacerlo. ¿No era más bien la verdad la que le hacía daño? ¿No era Jackie la que le había hecho daño? Incluso su padre, en cierto modo, por amenazar a Jackie con llevársela de su lado.

Nathan tan solo la había liberado del peso de la verdad y luego había estado allí, a su lado, para recogerla cuando se caía. Sin poder evitarlo, comenzó a experimentar una creciente calidez en el pecho al pensar que, tal vez, a él le importaba.

Aquella tarde, cuando oyó que María decía que había ido de visita, fue a buscarlo. Lo encontró sentado en el cenador. Estaba sentado, con las piernas extendidas y el rostro inclinado hacia el cielo. La brisa le revolvía el cabello, pero, a pesar de todo, parecía tenso. Se mostraba siempre tan activo, tan dinámico, que a ella no le gustaba verlo tan quieto. Su actitud transmitía una melancolía que no le gustaba.

Como si él pudiera escuchar sus pensamientos, levantó la mirada.

—¿Ocurre algo? —le preguntó él frunciendo el ceño.

Riya negó con la cabeza. Durante un minuto, permaneció inmóvil, mirándolo sin saber si quería dar un paso al frente o regresar por donde había llegado.

Nathan suspiró.

—Ven aquí.

Ella obedeció. Se sentó a su lado y estiró también las piernas.

Era un hermoso día. El silencio que reinaba entre ellos, a pesar de resultar algo tenso, fue transformándose en una situación cómoda. ¿Se iban a conformar con eso, con aquel punto medio entre la ardiente pasión y una extraña intimidad?

Riya se acercó a él hasta que rozó el muslo de él con el suyo. Entonces, se reclinó sobre él para acurrucarse sobre su pecho, abrazándose a él por la cintura. Se quedó muy quieta, muy tensa, esperando el rechazo por parte de él.

Los segundos fueron pasando y no ocurrió nada. Él no la rechazó. De hecho, casi se sobresaltó cuando él levantó el brazo y la rodeó los hombros con él para estrecharla contra su pecho. Resultaba tan agradable, tan reconfortante...

Riya no supo cuánto tiempo estuvieron así.

—¿No quieres que la boda se celebre aquí? —le preguntó ella por fin.

Nathan se tensó, pero cuando habló por fin, no había ira en su voz.

—No.

Al sentir que él la estaba mirando, Riya levantó los

ojos hacia él. Nathan le acarició suavemente la sien y
le dio un beso en la sien. Ninguno de los dos se sorprendió de que lo hubiera hecho. ¿Cómo algo que resultaba
tan agradable podía ser malo?

–No siento ira hacia tu madre. Tan solo quiero que
este lugar le siga perteneciendo a mi madre.

Riya asintió. Se le había hecho un nudo en la garganta.

–¿La echas mucho de menos?

Su madre... Ella le había preguntado por su madre,
la mujer que había muerto con el miedo reflejado en los
ojos. Si le hubiera electrocutado, Riya no podría haberle
hecho abandonar aquel instante de mejor manera al re-
cordarle todo lo malo que estaba haciendo: estar sentado allí, compartiendo aquel momento con ella, recon-
fortándola... Todo aquello estaba mal.

Se apartó de ella y se levantó del banco. El miedo se
había apoderado de él. Cada centímetro de su cuerpo
vibraba con la necesidad de pedirle a Riya que se fuera
con él para poder mostrarle el mundo, para tenerla en
su cama durante todo el tiempo que los dos desearan.

Sin embargo, no podía dejar que ella tuviera tanto
poder sobre él. No podía anhelar cosas que jamás podría
tener. Se cubrió con una armadura para enfrentarse a su
belleza, a su corazón. Deseó poder convertirse en un
hombre frío, sin sentimientos. Era el único modo de sal-
varla de un mal mayor.

–Mi asistente se está ocupando de organizarlo todo
para celebrar la boda en otra parte. No tienes que rehacer
tus planes. Yo me ocuparé de todo, incluso de Robert y
de tu madre. Tú ya has llevado esa carga un tiempo más
que suficiente.

–Gracias. ¿Estarás tú en la boda?

–No hay nada que me gustase más que marcharme

ahora mismo sin mirar atrás –comentó él con una seca
carcajada. El momento que habían compartido antes se
había roto. Nathan miraba a todas partes menos a ella.
Riya, por su parte, trataba de no mostrar su profunda
desilusión–. Ya me he quedado más tiempo del que debía y me siento inquieto. Sin embargo, te di mi palabra.

–¿Somos amigos, Nathan? –le preguntó ella, sorprendida ante la falta de sentimiento con la que él había
pronunciado aquellas palabras.

–No somos nada.

Riya se echó a temblar al escuchar aquellas palabras.
El tono de la conversación había cambiado por completo.

–¿Por qué te comportas así? ¿Qué he hecho mal?

–Aquella noche fuiste muy divertida. Hoy, te estás
comportando de un modo al que soy alérgico.

–¿Porque quiero que seamos amigos? Sé que tú obli-
gaste a Jackie a decirme la verdad. Y sé que lo hiciste
porque te importaba. No quiero explicaciones. Tan solo...
creo que me gustaría que fuéramos amigos, Nate. Yo...

–Hice lo que hice porque sentía pena por ti, por lo
que tu madre y esta casa te habían hecho.

–¿Pena por mí?

–Sí. Manipulaste la verdad para traerme aquí. Lo
arriesgaste todo para arreglar las cosas entre mi padre
y yo. Eso me ha provocado una paz que jamás había conocido hasta ahora. Pensé en devolverte el favor, levantar el velo que cubría tus ojos, por así decirlo. Nosotros
no somos nada, Riya. Ni siquiera se puede decir que ha-
yamos sido amantes de una noche porque ni siquiera te
quedaste en mi cama toda la noche, ¿no es cierto? Y
ciertamente no somos amigos.

Riya se sentía furiosa, muy furiosa. Y aturdida. En
el tono de la voz de Nathan no había más que finalidad.

—¿Y por qué no? ¿Por qué te comportas de un modo tan estúpido?

—Porque no podría haber amistad entre nosotros, Riya. Después de esa noche no. Cuando me marche de aquí, no me volverás a ver ni volverás a tener noticias mías. Nunca más.

—¿No vas a venir de visita a la finca por la que te has tomado tantas molestias? —le preguntó ella, atónita—. ¿Nos vas a echar a todos a patadas para dejar la casa vacía?

—Sí. Te diría otra cosa para hacerte feliz, pero sería una mentira. Y no puedo soportar las mentiras.

Riya vio algo en sus ojos, pero no sabía interpretar de qué se trataba. Él le estaba haciendo daño con sus palabras. Lo sabía y, a pesar de todo, seguía haciéndolo. Y muy eficazmente.

De repente, regresó el frío desconocido del primer día. Nathaniel Ramírez. El hombre que había aprendido más sobre ella en unas pocas semanas que muchas otras personas en toda una vida, había desaparecido.

—No hagas esto, Riya. No desarrolles una fijación en mí porque soy el primer hombre con el que te has acostado o porque soy el primer hombre que se ha preocupado por ti —dijo. Estaba observándola como si quisiera memorizar el rostro, aprenderse cada rasgo, cada ángulo, para no olvidarlo jamás—. Lo que sientes por mí es solo atracción, pero tu cuerpo pide...

—¿Que repitamos la actuación? ¿Crees que soy lo suficientemente ingenua como para edulcorar mis palabras cuando lo único que quiero es uno de esos fantásticos orgasmos que tú eres capaz de proporcionarme? Para que conste, si eso fuera lo que yo quiero, te aseguro que me lo concederías, ¿verdad?

Por fin había enojo en los ojos de Nathan. Riya se

alegró de ello. Quería que él se enojara, que se sintiera herido.

—Creo que no conoces la diferencia entre un buen amigo, un gran amante y un hombre que se merece tu amor. Yo solo soy bueno para uno de esos roles. Creo que no has visto lo suficiente del mundo para saberlo tú.

—Claro, porque Nathaniel Ramírez sabe muy bien lo que es mejor para todo el mundo –replicó ella, furiosa–. En ese caso, ¿me harías dos favores mientras sigues aquí o acaso me he quedado sin suerte contigo?

Él parecía pálido. Agotado, como si estuviera completamente vacío.

—Sí.

—¿Puedes averiguar dónde está mi padre?

—Por supuesto. Pondré a alguien a trabajar en ello. ¿Cuál es el segundo favor?

—Falta una semana para la boda. Me haría realmente feliz si no vinieras aquí. Robert puede ir a verte al hotel.

—¿Por qué?

Riya deslizó los dedos sobre la madera del banco. Se le había hecho un nudo en la garganta.

—Este ha sido mi hogar durante más de diez años. Tú puedes pasar el resto de tu vida aquí, pero a mí solo me queda una semana. Quiero disfrutarla. Si tú estás por aquí, no podré hacerlo.

Nathan asintió y, a continuación, se marchó del cenador. Riya se desmoronó.

Por algún motivo, empezó a llorar.

No había conseguido hacerlo en otras ocasiones cuando lo había deseado, cuando necesitaba una vía de escape para el dolor que sentía en el corazón. No sabía por qué estaba llorando ni intentó comprenderlo. Simplemente, dejó que las lágrimas fluyeran sobre sus mejillas. Lloró por la niña que había sido, por la adolescente perdida y por la mujer en la que se había convertido.

No pensó en Nathan. Él no tenía lugar en todo aquello. Lloraba tan solo por ella. Solo por ella.

Cuando terminó, le dolía mucho la cabeza. Se secó las mejillas y se puso de pie. Entonces, miró a su alrededor.

Lo que había estado haciendo ya no era suficiente. Aquella noche con Nathan tan solo había sido el principio. Algo tenía que cambiar en su vida. Necesitaba vivir más, pero no sabía cómo hacerlo. No obstante, tenía que empezar en alguna parte. Después de la boda, se marcharía.

Tendría que dejar su trabajo, planificar su economía... Debería dejar toda la estabilidad que conocía, dejar un empleo que le proporcionaba un buen sueldo, irse de la ciudad en la que había crecido y abandonar a Robert y a Jackie...

La emoción se apoderó de ella. El mundo la estaba esperando. Seguir con la misma vida ya no era una opción.

De pie en la entrada de la cocina, Nathan sintió que todos los músculos se le tensaban. Incluso los sollozos más suaves que escapaban de los labios de Riya caían sobre él como una garra, destrozándolo.

Sin embargo, no podía volver junto a ella. No podía abrazarla como quería ni prometerle que la vida mejoraría ni que le dolería menos. Tampoco cometió el error de pensar que ella estaba llorando por él. Sabía que se estaba despidiendo. A pesar de todo, deseó poder ser su apoyo aunque era él quien la estaba obligando a marcharse.

«Pídele que se venga contigo, Nate», susurró una vocecilla en su interior.

Si cedía al anhelo que había empezado a crecer dentro de él, si le pedía a Riya que lo acompañara aunque fuera temporalmente hasta que se apagara el fuego que ardía dentro de él...

Sin embargo, el mundo de Riya no tardaría en recuperar el equilibrio. Cuando lo hiciera, no habría nada para él a excepción del rechazo por parte de ella. Ese rechazo destrozaría a Nathan. No podía culpar a Riya por ser quien era, por el modo en el que había sobrevivido.

Jamás sería el hombre adecuado para ella. Lo mejor para terminar con aquel anhelo era que se marchara pronto, que no se arriesgara a volver a verla.

Antes de que se olvidara, antes de que empezara a esperar cosas que no ocurrirían jamás y que nunca podrían pertenecerle. La distancia entre la esperanza y el miedo no era tan grande.

Por eso, se marchó. Sin mirar atrás. Como siempre lo había hecho.

Capítulo 11

GRACIAS a la eficiente empresa que Nathan se había encargado de contratar, los preparativos de la boda se realizaron sin contratiempo alguno. Lo único que Riya tuvo que hacer, aunque de mala gana, fue mantener tranquila a su madre y presentarse el día de la boda. En más de una ocasión, había considerado la idea de marcharse antes de la boda, pero a Robert le habría dolido mucho y, por supuesto, también a su madre.

Sorprendentemente, la semana anterior a la boda resultó muy agradable. De mala gana, ella aceptó que fue así gracias a Nathan.

Dado que él había mantenido su palabra y que ella había estado trabajando principalmente desde su casa, no lo vio en toda la semana. Como no tenía nada de lo que ocuparse en relación a la boda, concentró todos sus esfuerzos en elegir un vestido. Sin embargo, ni siquiera eso tuvo que hacer.

Se le presentaron tres hermosos vestidos que un equipo de una famosa casa de moda, de la que ni siquiera se había podido comprar nunca ni una mísera bufanda, se encargó de llevarle una tarde. Los vestidos iban acompañados de una estilista y de una diseñadora.

En un principio, se había negado a ponerse nada que Nathan hubiera pagado. De hecho, se negó incluso a mirar los vestidos. Hasta que él le envió un mensaje de texto.

Pago la boda para mostrarle a mi padre que no le guardo rencor.

Ella le respondió con otro mensaje.

Me puedo comprar mi propio vestido. Mi jefe es un cerdo sin corazón, pero me paga muy bien.

Absoluto silencio hasta qué...

Es un regalo para darte la bienvenida a la familia. Acéptalo o te llamaré «hermanita».

Riya se echó a reír al imaginarse que él también lo estaría haciendo.

Grosero y pervertido. Eso es lo que eres.

Mientras esperaba, el corazón le latía tan fuerte que parecía haber corrido una maratón. Por fin, el teléfono volvió a sonar.

Por favor, Riya...

Ella no pudo contestar. Quería preguntarle por qué. Nathan había rechazado su amistad, por lo que no entendía que importara tanto que ella rechazara sus vestidos. ¿Por qué jugaba de aquel modo con ella?

Al final, terminó cediendo. Dejó que se los probaran y se enamoró de un etéreo vestido de seda beis que, de algún modo, tenía el mismo color que su piel. Parecía estar hecho para ella. Destacaba sus curvas sin resultar llamativo. Era elegante, pero sutil. Le llamó mucho la atención cómo encajaba con su personalidad. No era ni las ropas aburridas que siempre había llevado ni el provocativo vestido rojo de su noche de pasión.

Le recogieron el cabello muy sofisticadamente en lo alto de la cabeza. Los suaves mechones le acariciaban el cuello y la mandíbula. Sin embargo, se negó a que la maquillaran.

Mientras se dirigía en la limusina hacia el hotel donde se iba a celebrar la boda, sabiendo que muy pronto abandonaría todo lo que le resultaba familiar, no sentía ansiedad por el futuro. No podía silenciar la necesidad que tenía de ver a Nathan.

Cuando entró en el hotel, saludó a todo el mundo, pero no lo vio por ninguna parte. Esperó.

Durante la ceremonia. Durante su propio discurso. Durante el banquete. Durante los brindis.

Esperó.

Le dio un beso a Jackie, bailó con Robert... Solo entonces comprendió que su espera era inútil.

Nathan jamás había pensado en asistir a la boda.

Riya se sentía furiosa cuando Jackie la encontró en un pasillo tranquilo que parecía capaz de absorber su ira y los sonidos que esta le hacía hacer.

–Riya... –susurró Jackie– lo siento mucho. Es lo mejor. Deja que se vaya, hija... No tiene nada que ver contigo.

Atónita ante la sensibilidad y la percepción de Jackie, Riya la miró fijamente.

–Por favor, Jackie... Hoy no. Disfruta de tu día.

–Estoy aprendiendo, Riya. Jamás te he proporcionado seguridad alguna, pero claro que pienso en ti y me preocupo por lo que te pase. Después de todo esto, te mereces la felicidad, te mereces a alguien que te ame y que te cuide durante el resto de tu vida. Nathan es el último hombre en la Tierra para ti.

–¿Qué quieres decir? –preguntó Riya. Por primera vez en su vida, le daba la sensación de que su madre estaba diciendo una verdad absoluta.

–Él no te merece. ¿No te parece eso suficiente?

–Te ruego que me digas lo que has querido decir.

–Tiene la misma enfermedad que Anna.

Riya tuvo que apoyarse contra la pared. Un violento

temblor se apoderó de ella al recordar que Anna tenía poco más de cuarenta años cuando murió.

No. No. No. No podía ser cierto. Nathan era una fuerza de la naturaleza.

«No tengo corazón. Al menos uno que funcione bien».

Las señales habían estado presentes desde el principio. Aquella noche en su suite él había estado a punto de desmayarse. La cinta que llevaba en ocasiones alrededor de la muñeca y que, seguramente, era un monitor para controlar el corazón. Todo encajaba.

—Necesito verle...

—Riya, ¿qué te pasa? ¿Te encuentras bien?

Ella levantó la mirada al escuchar la voz de Robert. Trató de sobreponerse por él.

—¿Sabes dónde está Nathan?

—Regresó a la finca. Se marcha dentro de unas pocas horas.

—¿Ha estado aquí? ¿Cuándo? ¿Por qué no...?

—Sí, pero se marchó en cuanto llegasteis Jackie y tú. Me dijo que no se podía quedar más tiempo. Se marcha esta noche.

Una parte de su ser le recomendaba a Riya que lo dejara marchar, que le permitiera salir de su vida para poder terminar con todo antes de que ella terminara sufriendo aún más. La otra...

—Oh... —susurró—. Ni siquiera se ha despedido, Robert... Yo... Me prometió que estaría aquí esta noche... No comprendo nada. ¿Cómo no me he dado cuenta? ¿Por qué no me lo ha dicho? Yo...

Robert la abrazó con fuerza.

—Siento que haya terminado así, Riya, pero tienes que saber que no tiene nada que ver contigo.

—¿No? —replicó ella con una sonora carcajada—. Parece que a todo el mundo le resulta muy fácil alejarse de mí, tanto que ni siquiera sienten afecto por mí. Resulta tan fácil rechazarme... Le odio por lo que ha hecho y me odio a mí misma por lo que siento. Tengo que ser la mujer más estúpida del mundo.

Robert sacudió la cabeza y suspiró.

—Así es como sobrevive, Riya. Se despreciaría a sí mismo si se convirtiera en alguien como Anna.

—No me importa cuáles sean sus razones. Al menos me merecía que se despidiera de mí.

—No, Riya. Espera...

Sin importarle la ansiedad que se había reflejado en el rostro de Robert, Riya se apartó de él.

—Déjame marchar, Robert. Si él se va antes de que yo llegue a su lado, no volveré a verlo... Nunca. Y tengo que hablar con él.

—No se lo pongas más difícil...

—¿Y qué pasa con lo que yo siento? —le espetó ella. Se preguntó de dónde salía aquel dolor. Después de todo, había estado preparada para despedirse de él aquella noche, pero sabiendo lo que sabía en aquellos momentos...—. Jamás volví a ver a mi padre. Si Nathan se marcha y le ocurre algo, no podría soportarlo, Robert.

—Lo siento mucho, Riya. No tenía ningún derecho a hacerte esto. Siento no haberte protegido... —musitó Jackie.

El llanto que Riya llevaba tanto tiempo conteniendo estalló por fin. Se lanzó a los brazos de su madre.

—A él no le importa, Jackie. Deseaba marcharse sin decir ni una palabra. Ojalá no me doliera tanto... Este adiós es solo para mí. Solo para mí...

Riya miró a Robert, que tenía exactamente los mismos ojos que su hijo y se tranquilizó un poco. Su mundo estaba cambiando. Se le escapaba de las manos. A pesar de que el miedo la atenazaba, no podía pararlo.

Una noche más. Tan solo una noche más y no volvería a pensar en él.

—Me prometiste un baile.

Al escuchar el suave susurró de la voz de Riya, Nathan se apartó del balcón. No había estado seguro de que ella fuera a buscarlo. Tampoco había querido pensar si él quería que ella lo encontrara.

Se apoyó contra la pared y la miró. Aquella noche, tenía un aspecto etéreo, como si fuera una hermosa criatura de otro mundo que hubiera acudido a la Tierra con el expreso propósito de atormentarle.

La había visto bajarse de la limusina y no había podido evitar beber ávidamente su belleza. Había tenido que utilizar toda su fuerza de voluntad cuando la vio entrar en el hall para buscarlo.

Había tenido que contenerse para no apartarla de las miradas de apreciación de los hombres que allí había. Sin embargo, Riya no le pertenecía como para tener que protegerla o incluso mirarla. Después de rechazar incluso su amistad y de ser testigo del daño que le había hecho, supo que era mejor que mantuviera las distancias con ella. De algún modo, no hacerle daño a Riya se había convertido en lo más importante para él.

—Si recuerdo bien, dijiste que no querías bailar conmigo —replicó él agarrándose con fuerza a la barandilla—. «Deja Travelogue y márchate para siempre». Creo que esas fueron tus palabras.

Riya entró y cerró la puerta.

—He cambiado de opinión. He decidido que en mi vida tienen que cambiar muchas cosas.

—¿Cuáles?

Riya se encogió de hombros. Entonces, Nathan se

fijó en su actitud. Parecía estar preparándose para algo. Cuando sonrió, había miedo en su mirada. Nathan sintió un inesperado deseo de protegerla y consolarla.

Se acercó a ella y la obligó a levantar la barbilla.

—Riya, ¿qué es lo que pasa?

Ella sacudió la cabeza y le agarró la muñeca para colocarse la mano de él sobre la mejilla. Entonces, le dio un beso en la palma.

—Voy a dejar Travelodge.

—¿Cómo?

—He encontrado otro trabajo, un puesto de diseñador de software para una ONG de Bali. Se trata de un contrato de seis meses.

Nathan frunció el ceño.

—¿Bali? ¿Conoces a alguien allí? Deja que hable con algunas personas que conozco y que compruebe...

—No. Estoy seguro de que todo estará bien. Me he sabido cuidar de mí hasta ahora, ¿verdad?

—¿Por qué Bali? ¿Por qué dejas Travelodge?

—Aquí no tengo nada. Ya nada me parece lo suficiente en la vida que he llevado hasta ahora. Quiero más. Quiero más emoción. Más de todo.

—Riya, no creo que debas marcharte así...

—Nathan... Una parte de mí quiere olvidarse de las precauciones y vivir con riesgos. La otra parte siempre tratará de frenarme. Tú estás entre medias. Entre el riesgo y la seguridad —susurró ella acariciándole suavemente la mejilla.

Al mirarle a los ojos, vio en ellos fuego y deseo. Él frunció el ceño al sentir que ella le colocaba la mano sobre el pecho, como si quisiera notar los latidos de su corazón.

—¿Qué es lo que quieres, mariposa?

—La noche que me prometiste —dijo ella. Se bajó la

cremallera del vestido y, con elegante sensualidad, se despojó de él ante la atónita mirada de Nathan.

El vestido cayó a sus pies. Su voluptuoso cuerpo se quedó tan solo cubierto por un sujetador sin tirantes y un tanga.

Nathan dio un paso atrás. No podía soportar estar cerca de ella y no poder tomar lo que tanto deseaba. Se sentía muy excitado y no le ayudaba que se hubiera tomado dos copas cuando él nunca bebía.

–No.

Ella le agarró antes de que Nathan pudiera volver a hablar.

–Sí.

Con un rápido movimiento, empezó a desabrocharle la camisa y le colocó las manos sobre la piel desnuda.

–No tienes que preocuparte, Nate. Sé precisamente lo que quiero y lo que voy a conseguir. Cuando llegue mañana por la mañana, me despediré de ti con una sonrisa.

Se inclinó hacia él y depositó un beso sobre el torso de él. Entonces, le acarició un pezón con la lengua.

La lujuria se apoderó por completo de él. Nathan supo que, con Riya, siempre sería un hombre débil. Con la única mujer que necesitaba mostrarse noble y fuerte, siempre sería el hombre que necesitaba mucho más de lo que la vida le había dado. Quería más que unos momentos robados, que unos besos...

Era exactamente lo que se había temido. ¿No era esa precisamente la razón de que ella le resultara tan peligrosa?

Su armadura, sus reglas desaparecían en lo que se refería a Riya. Ella le había entregado la paz, la capacidad de perdonar. Aquella noche, le tocaba el turno al deseo. Para ambos. Toda la noche.

Por lo tanto, la besó. La acarició con ardientes movimientos de la lengua. Volvió a aprenderlo todo sobre ella. Bebió de ella hasta que se sintió ebrio por la falta de aire. Era tan avaricioso que no les concedió a ninguno de los dos ni siquiera un respiro.

Las caricias de Riya parecían abrasarle la piel. Ella parecía marcarle para siempre, poseerle eternamente aunque no lo supiera. Los pechos le rozaban el torso y los erectos pezones le acariciaban delicadamente, volviéndole loco.

En aquel instante, él supo que jamás volvería a conocer el tacto de otra mujer, el sabor de otra mujer, el abrazo de otra mujer. Tal y como se había dado cuenta tantos años atrás, el problema no era el hecho de que su corazón no funcionara bien, sino que deseaba más de lo que podía abarcar en una vida. Todas las necesidades y deseos que había reprimido para vivir su vida cobraban protagonismo en lo que se refería a Riya.

Todo lo que había conseguido en su vida empequeñecía comparado con aquel momento, cuando no era capaz de decir las palabras que más deseaba decir. Le ardían en la lengua, ansiando verse liberadas. Le pesaban en el pecho, ahogándole.

Ansiaba decirle a Riya lo mucho que la amaba, confesarle que ella había marcado su corazón para siempre y decirle lo mucho que le hacía sentir. A su lado, se sentía pleno, vivo. Ansiaba poder envejecer a su lado, ser su protector, adorarla y amarla.

Los dientes mordisqueaban, las lenguas se enredaban. Los alientos se mezclaban y se convertían en uno. Los dos se convirtieron en uno.

Los dos cayeron sobre la cama, devorándose el uno al otro. Él deslizó los dedos sobre los muslos hasta que encontró el centro de su feminidad. Para asegurarse de que estaba lista para recibirlo, le acarició suavemente el henchido montículo. Dejó que sus suaves gemidos lo envolvieran.

Ella igualó su deseo, haciendo que Nate no pudiera sentir nada más que la desesperada necesidad de poseerla. Le separó las piernas bruscamente, preso de un frenesí de deseo. Entonces, se desabrochó los pantalones y le apartó el tanga. Sin dejar de mirarla, la penetró profundamente de un modo que expresaba desesperación en vez de delicadeza.

Ella le rodeó con las piernas y comenzó a moverse con él. Gruñía de placer y le arañaba los brazos. Entonces, cuando Nate comenzó a acariciarle el clítoris, ella explotó de deseo y lo animó a moverse más rápidamente, con más fuerza. De repente, la tomó sobre sus brazos y se dio la vuelta para colocarla encima de él. En ese momento, ella apartó la mirada. Nathan se preguntó si ella se estaba preparando para lo que vendría después y se maldijo por haberla hecho cambiar de postura.

Le acarició el sedoso cabello y le dio un beso en la sien. Aún seguían unidos. Nate jamás querría abandonar ese lugar. Era su hogar, el sitio al que pertenecía. Desgraciadamente, había encerrado su corazón para no sufrir. Tras haber encontrado a la única mujer a la que no podía tener, sabía que no volvería a mirar a ninguna otra como hombre.

Aparentemente, él era hombre de una sola mujer. Y se resignó a ella.

Si no podía tenerla, no quería a nadie más. Con ese pensamiento, se apoderó de él una desesperada necesidad. Tiró de ella y la obligó a tumbarse boca abajo. Esperó un instante para ver si ella protestaba. Entonces, ella giró el rostro y sonrió.

—Esta noche soy tuya, Nate. Haz conmigo lo que quieras...

Nathan hizo que se colocara a cuatro patas. Empezó a besarle la espalda y le introdujo los dedos para comenzar a acariciarla más íntimamente. Sintió que ella se echaba a temblar. Se inclinó sobre ella y le lamió la oreja.

–¿Quieres que pare, Riya?

–No, por favor... No pares, Nate.

Aquello fue lo único que él necesitó escuchar. Le sujetó las caderas y la penetró. Sintió que las estrellas explotaban ante sus ojos. Las sensaciones eran increíbles. No quedaba nada de delicadeza en él. Ni honor ni control. Tan solo un desesperado amor por Riya. Tuvo que contenerse para esperar a que ella alcanzara el clímax antes de que el suyo le recorriera con fuerza todo el cuerpo.

Se apartó de ella y le dio la vuelta para besarla.

Los espasmos del clímax aún la hacían temblar, pero Riya ya sentía el frío temor en el pecho. Con aquel coito tan explosivo, Nathan le había dejado su huella en cada centímetro de la piel.

–¿Te he hecho daño? –le preguntó él mientras la estrechaba entre sus brazos y le daba un beso en la sien–.

Al sentir que él entrelazaba los dedos con los suyos, Riya sintió que los ojos se le llenaban de lágrimas. Negó con la cabeza.

–Por favor, Riya, mírame.

–Estoy bien... Solo... Creo que me debería marchar ahora.

Riya deseó ser capaz de controlar el pánico y el dolor que la atenazaban. Había querido despedirse de él para sentir que podía cerrar aquella puerta. ¿Cómo podía marcharse sin sentir una vez más las caricias y los besos de Nate, sin experimentar la cercanía que compartían cuando hacían el amor? Era la única vez que se sentía querida, amada, como si realmente le importara.

Desgraciadamente, solo había conseguido hundirse un poco más.

No podía derrumbarse. Si lo hacía, terminaría suplicándole un minuto más, una hora más... Desgraciadamente, sabía que ni otra noche ni otras cien lograrían cambiar a Nathan. No harían que él sintiera algo hacia ella. Sabía que no podía permitir que él se diera cuenta de que le había hecho daño. Si él le decía que era una ingenua, si se mostraba cruel con ella por haber deseado más aunque él le había advertido de lo contrario, no podría soportarlo.

Se apartó de él y se envolvió con la sábana. Entonces, recogió su vestido y se dirigió al cuarto de baño para lavarse la cara y tratar así de deshacer el nudo que se le había hecho en la garganta.

Después de vestirse, regresó al dormitorio. Vio que Nate estaba junto al ventanal mirando el cielo. Estaba a punto de amanecer. Él se volvió justo cuando ella encontraba su bolso.

—Riya, antes de que te vayas, conozco a alguien en Bali que puede...

—No. No quiero tu ayuda. Ahora, me gustaría marcharme.

Riya se dirigió hacia la puerta, pero Nate no se movió ni habló. Se limitó a mirarla, devorándola con los ojos, presa de un torbellino de sentimientos.

—Adiós... —susurró ella mientras hacía girar el pomo de la puerta—. ¿Volverás alguna vez? No por mí. Sé que yo te importo muy poco. Te lo digo por Robert. ¿Vas a regresar alguna vez?

Deseó que él mintiera. Deseó que, si lo hacía, pudiera creerle.

–No. Mi padre sabe que no voy a regresar. El hecho de que yo me marche, Riya, no tiene nada que ver contigo. No hagas que esto sea más difícil de lo que tiene que ser.

Aquellas palabras despertaron la ira de Riya.

–¿Tan fácil te resulta a ti, Nathan? ¿Tan canalla eres o es que simplemente estás ciego y no ves en lo que te has convertido?

–Siempre te advertí que...

–Sé que tienes el síndrome de QT largo como tu madre. Sé que te desmayaste y que estuviste a punto de morir cuando tenías trece años. Sé que aquella noche, la primera, estuviste a punto de desmayarte en el salón. Sé que has erradicado los sentimientos para sobrevivir, que no quieres irte... como lo hizo tu madre. Sin embargo, ¿crees de verdad que estás viviendo la vida, Nathan?

–Vete, Riya.

–No. Tú me hiciste ver la verdad cuando yo no quería. Me hiciste daño, pero también me hiciste sentir por primera vez.

–Te aseguro que ya sé mi verdad, mariposa. Llevo más de una década viviendo con ella.

–Crees que has conquistado tu debilidad, pero te estás ocultando tras ella. Crees que el amor te convierte en un ser débil. Crees que te dejará con el miedo por ti mismo y por el que ames... Sin embargo, tú no eres tu madre, Nathan. Cuando pienso en lo que has conseguido, en la profundidad de tu generosidad... te has permitido todo menos la felicidad. ¿Qué clase de valor es si permites que el miedo dicte cómo vives tu vida? ¿Qué clase de vida es si tiene que ser sin amor? Tú me hiciste reaccionar. Me mostraste que había vivido una existencia estéril. Cuado mi madre me habló de lo tuyo, me quedé destrozada. Tenía tanto miedo... En ese momento, si hubiera podido borrar incluso el hecho de haberte conocido, probablemente lo habría hecho.

Nathan reaccionó. Agarró a Riya por los brazos y la acercó a su cuerpo.

–Si tanto miedo te daba, ¿por qué viniste?

–Vine a despedirme –dijo Riya–. Luché contra el miedo que se había apoderado de mí y vine a verte. Vine a pesar de todo, Nathan –añadió, antes de darle un beso en la mejilla–. Ahora me gustaría que me dijeras que no me marche. Que me pidieras que me vaya contigo.

Nate la soltó y dio un paso atrás. Riya supo que él había decidido olvidarse de ella.

–Un día, me darás las gracias por no haber aceptado tu oferta, mariposa. Un día, cuando encuentres al hombre que te amará eternamente, te alegrarás de que yo me haya marchado.

Capítulo 12

Tres meses más tarde

Nathan se mesó el cabello y esperó mientras el cardiólogo le examinaba. Le resultaba siempre muy difícil sentarse quieto, pero lo era aún más cuando se trataba de una revisión médica.

Su helicóptero lo estaba esperando en la azotea del hospital, situado en una remota zona de Java. Hacía mucho tiempo que había dejado de ir a ver a los especialistas famosos en todo el mundo. Desde el primer día, había aceptado que no se podía hacer nada.

El médico, que era la primera vez que lo examinaba, observó a Nathan tras terminar de auscultarle.

—Está usted en muy buena forma para tratarse de un hombre con su problema –dijo en un inglés perfecto–. Sin embargo, supongo que ya lo sabe. Siga haciendo lo mismo que hasta ahora.

Nathan asintió y le dio las gracias.

—Su siguiente revisión es...

—Dentro de un mes.

Se estaba abotonando la camisa cuando su teléfono móvil comenzó a sonar. Al ver el rostro de su mánager virtual, se apresuró a contestar.

—¿Sí?

—Esos papeles han vuelto a venir sin firmar –le dijo Jacob.

La furia se apoderó de él, no hacia Jacob, sino hacia Riya. ¿A qué demonios estaba jugando?

–¿Desde dónde?

–Desde Bali otra vez. Tampoco respondió a la pregunta de nuestro abogado sobre lo que quiere.

Hacía tres meses que pasaba lo mismo. Nathan le enviaba los papeles y ella se los devolvía sin firmar. Y sin respuesta.

–Encuéntrame su número de teléfono.

Unos minutos más tarde, Nathan marcó el número y esperó.

–¿Sí?

Al escuchar la voz de Riya al otro lado de la línea, sintió unos enormes deseos de volver a verla, de estrecharla entre sus brazos. De despertarse a su lado.

–¿Sí? –repitió ella.

Nathan ya estaba en el exterior. Se apoyó contra la pared de ladrillos y respiró profundamente.

–¿Por qué diablos no firmas esos papeles, Riya? ¿Qué es lo que quieres ahora?

La línea quedó en silencio durante unos segundos.

–Yo... Nate... ¿Cómo estás?

–Estoy vivo, Riya. Y si no lo estuviera, tú serías la primera en...

–Canalla.

Nathan se echó a reír.

–Déjate de drama y dime por qué te niegas a venderme la finca.

–He decidido que debe ser mía. No quiero separarme de ella después de todo.

–¿Significa eso que has decidido escuchar a tu madre?

–No. Me he dado cuenta de que es mía.

–¿Y cómo has llegado a esa imposible conclusión?

–Robert, que es mi padre por lo que a mí respecta, me la cedió a mí. Ahora quiero ejercer mi derecho sobre ella. Por supuesto, te lo debo a ti. Más que eso, decidí que me pertenecía porque es del hombre al que amo con todo mi corazón.

Nate se sintió como si ella le hubiera dado un puñetazo.

–Has perdido la cabeza...

–En realidad, creo más bien que ha sido todo lo contrario. Me he dado cuenta de que la felicidad está en mis manos. No está en las de Jackie, ni en las de Robert, ni en las tuyas. Tengo que creer que me merezco el amor y mostrarme dispuesta a pelear por ello. Admítelo, Nate. Si te lo pidiera ahora, no pelearías conmigo. No me lo negarías.

–¿Y por qué no?

–Porque me amas –dijo. Esperó un instante, para que él pudiera sentir el pleno impacto aquellas palabras–. Puedes interponer miles de kilómetros entre nosotros y cortar todo vínculo conmigo, pero no dejas de pensar en mí. Esa finca, tu enorme fortuna, ese corazón defectuoso y tan generoso que tienes... Todo me pertenece.

–Pareces estar muy segura, Riya.

–Por supuesto que sí. Me he dado cuenta de que no tendré que trabajar ni un solo día más de mi vida y que, además, viviré como una princesa porque uno de los hombres más ricos del mundo, y también el más maravilloso... Bueno, yo le pertenezco. ¿Qué te parece eso como seguridad? Sin embargo, prefiero arriesgar mi corazón por otro momento con ese hombre en vez de tener toda la seguridad que los bienes materiales proporcionen. Además, la finca es el mejor lugar para que yo pueda esperar cuando regrese.

Nate tuvo que hacerle la pregunta que sabía que no debería haber pronunciando nunca.

–¿Esperar?

–A que tú regreses a casa. Para que regreses junto a mí –susurró ella. Parecía estar llorando.

–Eso no va a ocurrir nunca –musitó él también con lágrimas en los ojos–. Estás desperdiciando el tiempo, mariposa. ¿Quieres una vida estable con un hombre que te acompañe el resto de tu vida? ¿Conmigo? Yo podría irme en cualquier momento.

–Vaya... Bueno, has estropeado mis planes de vida, Nate. Ahora, quiero otra cosa.

–¿Sí? ¿De qué se trata?

–Una década, un año, un día o incluso un instante con el hombre al que adoro. Con el hombre que me enseñó a vivir y a amar. Con el hombre al que amaré el resto de mi vida. Te amo, Nate, con todo mi corazón. He sido una cobarde toda la vida. Lo fui incluso aquella noche. Dejé que te marcharas, pero ya no lo voy a permitir más. Me merezco la felicidad y tú también. Mi vida está vacía sin ti.

Nathan deseaba creerla. Deseaba tener el valor de ser el hombre que ella se merecía. Eso era lo que de verdad le faltaba. No un corazón robusto que pudiera vivir mucho tiempo, sino el valor de aferrarse al amor que ella le ofrecía, confiar en él y arriesgar su corazón.

Lo que le impedía dar el último paso era el miedo.

Estaba en la tesitura que había estado temiendo toda su vida. Miedo y dolor. No volver a ver a Riya, no despertarse a su lado...

–Te estoy esperando, Nate.

Estaba llorando. El dolor que ese hecho le causó le resultó más aterrador que ningún otro miedo que no deseaba sentir.

—Creo que te esperaré siempre.

Con eso, Riya colgó.

Se sentó sobre la cama de su habitación de hotel y suspiró. Se agarró el borde de la camiseta que le había quitado a Nate aquella noche y enterró el rostro en ella. ¿Se habría dado cuenta él de lo mucho que estaba sufriendo, de lo mucho que le había costado confesarle sus sentimientos aun sabiendo que él podría no cambiar nunca de opinión? Riya se había arriesgado mucho al entregarle tan abiertamente su corazón.

Sin embargo, para aquella nueva Riya, tan solo resultaba aceptable lo que ella deseara. Lo que se merecía.

Sin Nathan, nada en el mundo significaba nada para ella.

Capítulo 13

UN MES más tarde, Nathan la encontró en Ubud, en Bali, en una de las casas propiedad de RunAway. Estaba sentada en el porche, desde el que se admiraban las suaves colinas y los valles, dado que la casa estaba construida en lo alto de una colina, desde la que se dominaba la garganta de un frondoso río.

Aquel lugar también había sido su trozo de paraíso. Cuando Jacob le informó que había recibido una petición de una mujer llamada Riya Ramírez, que afirmaba ser amiga íntima de Nathan, para alquilar la casa, Nate se había estado riendo un buen rato. Riya era una mujer incansable y manipuladora y la adoraba por ello.

Sin embargo, en aquellos momentos, el sol se estaba poniendo en el horizonte y estaba tiñendo el rostro de Riya con sombras. La soledad que parecía envolverla en aquel instante le llenó de tristeza el corazón.

Nate había tardado tres semanas en escuchar la voz que le decía que ya había desperdiciado bastante tiempo. Se dio cuenta por fin de que efectivamente había vivido sin miedo, pero que también había vivido sin felicidad durante demasiado tiempo.

Cuando se decidió, tardó una semana en encontrarla. Y lo hizo gracias a que ella le envió una pista.

¿Tanto lo amaba? ¿Acaso no se habría detenido ante nada con tal de estar a su lado? La ansiedad se apoderó de él.

Ella iba vestida con un vestido estampado que se le movía suavemente con la brisa.

—Riya...

Ella se levantó de la hamaca antes de que él pudiera parpadear para acudir a su lado. El amor que él vio en sus ojos lo convenció para siempre.

—Te amo, mariposa —susurró.

Riya se lanzó a sus brazos con un vendaval. Nathan la estrechó contra su cuerpo y hundió el rostro entre su cabello para llenarse de su aroma.

—Jamás voy a dejarte marchar. Si vuelves a decir que me vas a dejar, te ataré con una cadena. Te amo tanto, Nate, y te he echado tanto de menos. Todos los días. Todas las noches. No hacía más que pensar en ti. Me dolía tanto que era como si me faltara...

—¿Como si te faltara una parte esencial de ti misma? —le interrumpió él. Ella asintió.

Nathan la besó, necesitando desesperadamente el contacto con ella. Riya se aferró a él con desesperación.

—¿Sabes en lo que te estás metiendo, mariposa? Me mataría mucho antes saber...

Riya le tapó la boca con los dedos y negó con la cabeza.

—Claro que siento miedo. A veces, cuando pienso en el mundo sin ti, no puedo respirar. Sin embargo, preferiría tener que enfrentarme a ese miedo todos los días que vivir un segundo más sin ti. Trataré de ser tu fuerza, Nate. Lo único que te pido es que me des la oportunidad de amarte y de ser amada por ti mientras nos sea posible. Eso es lo único que quiero.

Nate entrelazó las manos con las de ella y la condujo de nuevo al porche. Entonces, se puso de rodillas.

—Te amo, Riya, con cada aliento de mi cuerpo, con cada latido de mi defectuoso corazón. Me sentía tan solo antes de conocerte... Pensaba que, al alejarme de tu lado, te estaba protegiendo. Cuando me dijiste tan valientemente lo que sentías por mí... oírte decir lo que yo sentía por ti, escuchar cómo me decías que preferías amarme aunque tenías miedo me hizo darme cuenta de que no estaba viviendo. Simplemente existía. Me has enseñado a ser valiente, mariposa.

Riya lo besó. Tenía los ojos llenos de lágrimas.

—Lo único que quiero es estar a tu lado el resto de nuestras vidas.

Nate tenía los ojos brillantes también por las lágrimas. Le dio un beso en la sien.

—¿Quieres ser mi esposa, mariposa? ¿Quieres atarte a mí?

Riya asintió. Nate había ido a buscarla. Le había entregado su corazón. Eso no significaba que él tuviera que dejar de protegerse contra el miedo y el dolor, pero ella era lo suficientemente fuerte para los dos.

—Sí.

Nate la estrechó entre sus brazos. Estaba temblando de felicidad.

—Es la palabra más dulce que he escuchado nunca, Riya.

Por primera vez en su vida, Nathan sintió alegría. Se sintió completo. Con la mujer que amaba a su lado, no había lugar para el miedo, sino tan solo para el amor y la felicidad completa durante el resto de sus días.

Epílogo

Un año más tarde

Nathan se dio la vuelta. Cada centímetro de su cuerpo vibraba de anticipación. Con el cielo azul y la blanca arena como fondo, Riya estaba bajo el arco decorado de lirios blancos y de seda color crema. Miró a Nate y esbozó una tímida sonrisa. Él comprendió que Riya estaba esperando para ver cómo reaccionaba.

El sari de seda roja que llevaba puesto resaltaba su hermosa figura. Llevaba el vientre al descubierto, como si quisiera así invitar las caricias de Nate. Su larga cabellera volaba con la brisa del mar. Sin embargo, fue la deslumbrante expresión de su rostro lo que le dejó sin aliento.

Recordó las lágrimas que ella había derramado cuando se enteró de que padre había fallecido unos años antes de que Nate le localizara. Por suerte, el investigador privado que él había contratado había localizado a una hermana de su padre. Aquella tía era la única pariente por parte de su padre que le quedaba con vida.

Nathan había apreciado aquel día lo que significaba su riqueza y su poder. Con ellos, había conseguido hacer feliz a la mujer que amaba.

Tan solo moviendo los labios, le dijo que la amaba

y vio que los ojos de Riya se llenaban de lágrimas de felicidad mientras se dirigía hacia él.

Con el corazón latiéndole apresuradamente, Riya se frotó los dedos sobre el rostro y suspiró. Bajo el acantilado sobre el que estaba construida la casa, el mar era de un azul profundo. No se lograba distinguir el punto en el que el mar se unía con el horizonte. Era el lugar más hermoso que ella había visto nunca.

La boda en la playa había sido su sueño hecho realidad. Robert, Jackie y su tía, junto con todos los empleados de la finca los habían acompañado aquel día. Riya jamás se había sentido más amada ni más feliz. Además, aquella mañana había descubierto algo más... Se abrazó con fuerza la cintura y trató de reprimir el miedo y la emoción.

Al escuchar que la puerta del dormitorio se cerraba con suavidad, se dio la vuelta. Vio a Nathan apoyado contra la puerta, con los ojos llenos de deseo.

—No quiero que te vuelvas a poner un sari.

—¿Cómo? ¿Acaso no te gusta?

—Como esposo tuyo te ordeno que no te lo pongas en público —añadió él con un brillo posesivo en los ojos—. Llevo esperando para decírtelo desde que te vi caminando hacia el altar. Estás tan guapa y tan sexy con él, que no quiero que pueda verte ningún otro hombre.

Tiró suavemente del pliegue que ella llevaba por encima del hombro y comenzó a retirar la tela.

—Nate, espera, quiero...

—Llevo deseando hacer esto desde que te vi, Riya. Por favor, no me lo niegues.

Ella se olvidó de sus propias palabras y se abalanzó sobre él. Mientras Nate le susurraba al oído palabras que la excitaban, trató de desabrocharle la blusa. Al ver que no podía, tiró con fuerza y desgarró los corchetes. Al escuchar el sonido de la tela rompiéndose, ella contuvo la respiración, pero dejó que él le bajara las copas del sujetador.

Riya tembló al sentir las manos de Nate sobre los pechos, los ansiosos y erectos pezones frotándose contra la áspera piel. Cuando por fin logró quitarle el sari, Nate dejó que la prenda cayera a sus pies.

Comenzó a acariciarle la cintura y los muslos. Entonces, la empujó hacia el sofá. Riya se echó a reír y se entregó a la oscura pasión que iluminaba los ojos de Nate.

Hicieron el amor rápida y desesperadamente. Después, con la frente cubierta de sudor, ella se reclinó sobre el torso de Nate y escuchó el ritmo de su corazón. Entonces, le dio un beso en la tensa piel de los pectorales y aspiró su masculino aroma.

—Siempre haces lo mismo...

—¿Qué quieres decir?

—Siempre escuchas mi corazón después de hacer el amor. Colocas el oído sobre mi pecho como si quisieras...

—Lo siento. Ni siquiera me había dado cuenta de que lo hacía. No quería hacer que te sintieras...

Nate se echó a reír.

—Estos últimos meses han sido los más felices de mi vida. No me puedo creer que haya sido capaz de olvidarme de eso. Si no hubieras luchado por mí... Te amo, Riya —susurró antes de volver a besarla—. Me encanta que vayas a ser mía para siempre igual que yo lo seré para ti.

Riya ocultó de nuevo el rostro sobre el pecho de Nate y le dijo:

–Nathan, tengo algo que contarte.

–¿De qué se trata, mariposa?

–Ayer me di cuenta de que... bueno, hemos estado viajando tanto que he perdido la cuenta de...

–¿Qué es lo que te pasa? –preguntó él con curiosidad.

–Esta mañana me hice una prueba de embarazo y es... Estoy embarazada, Nate.

Los ojos de él se llenaron de sorpresa y preocupación.

–No sé qué decir.

Riya sintió que la felicidad de aquel día estallaba como una pompa de jabón.

–Riya, sé que no es lo que habíamos planeado. En realidad, no habíamos planeado nada, pero así es como entraste en mi vida, ¿no? –susurró él estrechándola con fuerza–. Sé que da miedo cuando apenas llevamos tiempo juntos. Sé que tener un hijo es algo muy importante, pero...

Riya le empujó y se dio cuenta de que se estaba conteniendo. Le agarró las manos y se las colocó encima del vientre.

–Por favor, Nate, ¿puedes ser sincero conmigo sobre esto?

–Es el regalo más perfecto que me podrías haber dado hoy. Me tendrás hasta el fin. Tú...

–Nathan –dijo ella riendo de alegría al tiempo que lo abrazaba con fuerza–, esto lo hemos hecho los dos con nuestro amor. ¿Te puedes imaginar algo más maravilloso y más hermoso en el mundo? Es cierto que tengo miedo. No creo estar preparada para ser madre, pero, si tú estás a mi lado, puedo conseguir cualquier cosa. Dime que lo deseas tanto como yo. Dime que quieres este hijo.

Los hermosos ojos azules se llenaron de lágrimas. Nate volvió a besarla. En aquel momento, era él quien temblaba. Riya lo estrechó con fuerza contra su cuerpo.

–Claro que lo quiero, Riya. Siempre querré cualquier cosa que tú traigas a mi vida, mariposa.

Esperaba un hijo del príncipe heredero

Jasmine Nichols ocupaba el último lugar en la larga lista de prometidas potenciales del príncipe de Santo Sierra. Aunque su impulsiva noche juntos había probado su compatibilidad en el dormitorio, el comportamiento posterior de ella había demostrado que no era adecuada como princesa.

Sin embargo, Jasmine subió al primer puesto de la lista cuando el príncipe Reyes descubrió que esperaba un hijo suyo. Pero el matrimonio frío y estratégico de Reyes podía verse en peligro por la química explosiva que había entre ellos y por los secretos que descubrió de su inminente esposa.

Una noche con el príncipe

Maya Blake

Acepte 2 de nuestras mejores novelas de amor GRATIS

¡Y reciba un regalo sorpresa!

Oferta especial de tiempo limitado

Rellene el cupón y envíelo a

Harlequin Reader Service®
3010 Walden Ave.
P.O. Box 1867
Buffalo, N.Y. 14240-1867

¡Sí! Por favor, envíenme 2 novelas de amor de Harlequin (1 Bianca® y 1 Deseo®) gratis, más el regalo sorpresa. Luego remítanme 4 novelas nuevas todos los meses, las cuales recibiré mucho antes de que aparezcan en librerías, y factúrenme al bajo precio de $3,24 cada una, más $0,25 por envío e impuesto de ventas, si corresponde*. Este es el precio total, y es un ahorro de casi el 20% sobre el precio de portada. !Una oferta excelente! Entiendo que el hecho de aceptar estos libros y el regalo no me obliga en forma alguna a la compra de libros adicionales. Y también que puedo devolver cualquier envío y cancelar en cualquier momento. Aún si decido no comprar ningún otro libro de Harlequin, los 2 libros gratis y el regalo sorpresa son míos para siempre.

416 LBN DU7N

Nombre y apellido	(Por favor, letra de molde)	
Dirección	Apartamento No.	
Ciudad	Estado	Zona postal

Esta oferta se limita a un pedido por hogar y no está disponible para los subscriptores actuales de Deseo® y Bianca®.
*Los términos y precios quedan sujetos a cambios sin aviso previo.
Impuestos de ventas aplican en N.Y.

SPN-03   ©2003 Harlequin Enterprises Limited

Deseo

LA LEYENDA DEL BESO

SARA ORWIG

Cuando una tormenta de nieve dejó atrapado al ganadero Josh Calhoun en una pequeña posada de Texas, no fue el aburrimiento lo que le hizo fijarse en Abby Donovan. La dueña de aquel local, con su cola de caballo y su dulce sonrisa, tenía algo que lo atraía irremediablemente. Josh no podía dejar de desearla... ni de besarla.

Cuando las carreteras quedaron despejadas, Abby accedió a hacer una escapada a Nueva York y al enorme rancho de Josh en Texas, a un mundo opulento desconocido para ella. ¿Se quedaría con aquel vaquero tan irresistible o volvería a su tranquila vida?

Él se negaba a decirle adiós

¡YA EN TU PUNTO DE VENTA!

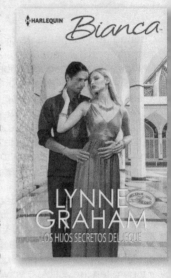

Bianca.

¿Podrá ella olvidar el doloroso pasado y
reconocerlo como su marido en todos los sentidos?

La obligación del rey de Mar-
wan era casarse con una esposa adecuada, pero antes
tendría que conseguir el di-
vorcio de la mujer que lo había traicionado.

¿Localizar a su mujer? Fácil.
¿Manejar la intensa pasión
que hubo entre ellos? Posible.

¿Descubrir que tenía dos hijos? Imposible.

Desolada cuando su hermo-
so príncipe la abandonó, los
mellizos de Chrissie Whita-
ker eran el único bálsamo
para su corazón. Jaul no se
detendría ante nada para reclamar a los niños como sus
herederos legítimos…

Los hijos secretos del jeque

Lynne Graham